진시황의 사자 서복,
역사인가 전설인가!

김하종 지음

들어가는 말

2010년 즈음, 북방의 암각화를 연구하던 중 우리나라 남부 지역에도 해석을 기다리는 암각화가 있다는 사실을 알게 되었다. 그 암각화는 일명 '서불(복)과차(徐市(福)過此)'라는 암각화였다. 하지만 연구를 거듭할수록 이 암각화의 해석이 잘못되었음을 알 수는 있었지만 딱히 뭐라고 단정할 수 없는 지경에 이르렀다. 그래서 당시 이에 관한 연구를 멈춘 상태였다.

2017년 4월, 중국산동사범대학교 모 교수님께서 갑자기 연락이 왔다. 중국 산동성 정부가 추진하는 『서복사전』 수정위원회 한국대표 학술위원으로 참석해 달라는 내용이었다. '서불과차'에 대한 호기심에 나는 흔쾌히 수락했고, 서복관련 자료를 수집하고 연구하기 시작했다. 그리고 7월 중순 수정위원회 회의를 마친 후 서복과 관련된 내용을 정리해서 우리나라에 제대로 소개하겠다고 결심했지만, 능력 부족으로 차일피일 미룰 수밖에 없었다.

2021년 올해 영화 【서복】이 개봉되었다. 이 영화는 줄기세포 복제와 유전자 조작에 관한 이야기를 다루는 SF 영화로, 영화에서는 영원히 살 수 있는 실험체인 서복과 그를 지키는 시한부 전직 요원인 기헌에 대한 이야기를 주로 다뤘는데, 이 영화가 말하고자 하는 이야기는 '삶과 죽음'이었다. 영생을 할 수 있었음에도 불구하고 서복은 결국 죽음을 선택했다. 왜 이런 선택을 할 수 밖에 없었을까?

영화 【서복】은 내게 다시 이 글을 써야 할 이유를 제공해 주었다. 혼자만의 능력으로는 부족함을 느껴, 내가 몸담고 있는 (사)질토래비(제주 역사문화의 발자취를 찾아내서 안내하는 사단법인) 문영택 이사장님과 스토리텔링 작가인 김현정 (사)질토래비 사무국장님께 조언과 협조를 구했다. 두 분께서는 서복 일행이 제주도를 거쳐 간 곳에 대해 말씀해 주셨을 뿐만 아니라 최근 [제주일보]에 "질토래비-제주 역사문화의 길을 열다, 월라봉 역사문화 걷는 길"을 연재하고 계신다. 나는 (사)질토래비를 통해 월라봉 근처에도 '서복 전설'이 숨어 있음을 알게 되었다. 만일 두 분의 도움이 없었다면 이 책을 출간할 수 없었을 것이다. 이 자리를 빌려 두 분께 진심으로 감사의 마음을 전한다.

불로초를 갈망한 사람은 진시황뿐만이 아니었다. 헤라클레스는 티벳 고원에 우뚝 솟아 있는 곤륜산에 거주하는 서왕모를 찾아가 불로초를 얻었으며, 길가메시는 우투나트스핌을 찾아가 불로초를 애원하기도 했다. 하지만 이 책은 불로초 탐사에 대한 이야기를 다루는 것이 아니라 진시황의 사자인 서복의 불로초 탐사가 역사인지 전설인지, 전설이 어떻게 역사화되어 갔는지에 대해 살펴보는 것이다. 이 세상 어딘가에 불로초가 존재하는지, 존재한다면 어디에 있는지, 인간이 만일 불로초를 찾는다면 이 세상은 어떻게 될 것인지에 대해서는 후속편에서 다룰 예정이다.

마지막으로 이 책의 기획과 출판을 맡아 고생해 주신 한신규 사장님께 깊은 감사를 드린다.

원시사회와 인간에 대한 호기심으로 이와 관련된 책을 저술한 지 10여 년, 묵묵히 내가 걸어가는 길을 보며 성장해 준 아들 성욱이 내년에 시작할 군대 생활을 무사히 마치길 바라고, 특히 이런 저런 조언을 해 주면서 끝까지 헌신적으로 뒷바라지 해 준 아내 경아에게 미안함과 감사를 보낸다.

2021년 11월

나의 아지트 뜨레모아 서재에서

차례

제1장

진시황의 사자, 서복을 만나다

제1장

진시황의 사자, 서복을 만나다

1-1. 신비한 암각화

1970년대 말, 중국은 개혁개방 정책을 통해 중국을 떠났던 수많은 화교들의 자본을 중국 대륙으로 끌어들이기 시작했다. 그 후 중국의 남동해안선을 따라 광동, 상해 등 도시들은 예전의 명성을 차츰 되찾아갔다. 2000년, 새로운 천년이 시작되면서 그동안 잠들었던 중국은 거대한 기지개를 펴면서 세계로 비상할 준비를 마쳤다. 2000년대는 지난 날 영국과의 전쟁으로 굴욕적인 '난징조약'을 체결한 이후 약 160여 년 동안 몰락의 길을 걸었던 중국이 다시 세계 최강국을 열망하는 시대라고도 할 수 있다.

1840년 영국과 청나라가 전쟁을 하기 전까지 중국은 전세계 GDP의 1/3을 차지할 정도로 막강한 나라였다. 하지만 영국이 최신식 무기로 중국을 침략하면서 중국은 급속도로 쇠락의 길로 접어들었고, 이와 동시에 청왕조의 멸망, 마오쩌둥의 공산당과 장제스의 국민당의 내전을 거치면서 중국의 산하는 피로 물들었다. 1949년, 중국 공산당이 중화인민공화국을 건설해서 중국을 일으키기 위해 많은 노력을 기울였지만 계속되는 정책의 실패로 국민들은 대혼란을 겪게 되었다. 1970년대 말, 마침내 중국은 전세계에 문호를 개방했다. 그 후 세계 각지에 흩어져있던 화교들은 중국의 광동, 복건, 상해 등 동남부 연안에 투자하기 시작하면서 기지개를 펴기 시작했던 것이다.

2007년 미국의 서브프라임 모기지론 사태와 2008년 리먼브라더스 파산으로 인해 세계 경제가 침체기에 빠지려고 할 무렵, 중국은 770조원이라는 천문학적인 돈을 자국에 퍼 부우면서 세계 경제의 침체 위기를 극복하는 데 주도적인 역할을 했다. 이를 계기로 중국은 세계 경제 3위였던 독일과 2위였던 일본을 제치고 2010년에는 미국과 어깨를 나란히 하는 G2가 되었다. 이러한 중국의 위상 변화에 따라 시진핑 정부는 '중국몽(夢)'을 발표하게 되었고, 이를 실현시키기 위해 '일대일로(一帶一路)' 정책을 추진하면서 지금에 이르고 있다. 여기에서 말하는 '일대(一帶. One Belt)'란 중국에서부터 중앙아시아를 거쳐 유럽으로 뻗는 육상실크로드 경제벨트이고, '일로(一路. One Road)'란 동남아를 경유해 아프리카와 유럽으로 이어지는 21세기 해양 실크로드를 말한다. 현재 이 정책을 추진하는 과정에서 주변국과 크고 작은 마찰이 발생하고 있지만 중국 정부는 이를 완성하기 위해 끊임없이 노력을 기울이고 있는 실정이다.

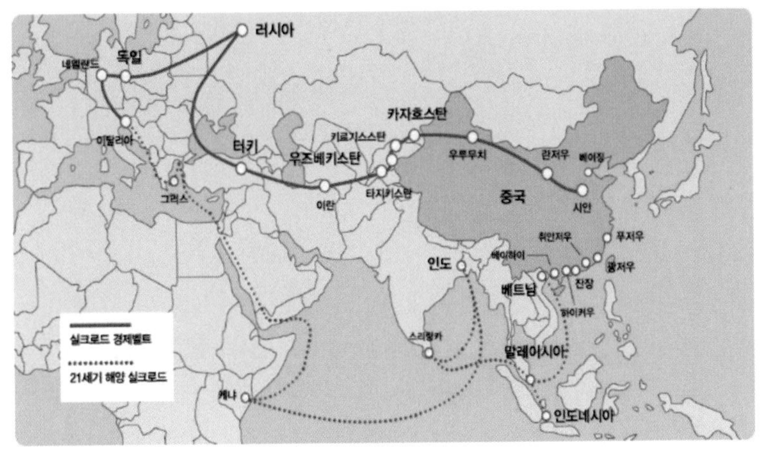

중국의 일대일로 프로젝트

2000~2010년까지 중국의 급속한 경제 발전은 전세계를 놀라게 했고, 2008년 중국 베이징 올림픽을 계기로 중국이 세계 최고라는 '중화사상'이 중국의 젊은이들을 파고들었다. 그들은 애국심과 자국중심주의로 무장한 채 세계 각지로 퍼져나갔다. 일부는 유학을, 일부는 여행을, 일부는 투자처를 찾아 나섰던 것이다. 그러자 세계 각국의 정부와 마찬가지로 한국 정부에서도 중국인들을 맞이하기 위해 많은 제도를 만들었고, 이에 호응하여 각 지방자치단체에서도 중국과 관련된 신화와 전설을 포함한 역사문화유적을 발굴하여 중국과의 친밀성을 과시했다. 그리하여 수많은 중국 유학생들과 관광객들을 한국으로 불러들였다. 그들은 한국에 산재한 역사문화 유적지를 관람하면서 한국과의 친밀감을 느꼈으며, 특히 1966~1976년까지 문화대혁명 기간 동안 파괴되어 지금은 거의 찾아볼 수 없는 중국의 전통문화가 한국의 문화 속에 살아 숨쉬고 있음을 발견하면서 중국 내에서는 한국의 문화를 보고 배우고자 하는 'K-열풍'이 일어났다.

1997년 6월 15일 일요일 오전 9시, 중국 국영방송 CCTV 채널1에서 처음 선보인 한국드라마, 【사랑이 뭐길래. 爱情是什么】는 K-열풍의 효시로 꼽힌다.

한국의 중앙정부와 지방정부의 이러한 노력은 중국의 중앙정부와 지방정부의 관심을 끌기에 충분했다. 그들 역시 많은 한국인들을 중국으로 끌어들이기 위해 각 지방정부에서는 한국과 연관성이 있는 역사문화유적을 발굴하기 시작했다.

이러한 양국정부의 노력은 역사학자들의 호기심을 자극했다. 문제는 한국의 연안에 중국과 관련된 수많은 전설과 역사문화유적이 존재할 뿐만 아니라 중국의 연안에도 한국과 관련된 수많은 고대역사문화유적이 존재하고 있음이 드러나게 되었던 것이다. 특히 고구려와 백제와 관련된 수많은 유적과 이야기들이 중국 동남연안에 산재해 있어 그곳은 일찍이 고구려와 백제의 영토였지 않았을까하는 의심을 불러일으키기에 충분했다. 이에 중국 중앙정부는 '문제의 심각성'을 인지하고 지방정부로 하여금 지방정부의 인터넷 사이트에서 한국과 관련된 고대역사문화유적을 삭제하도록 지시했다. 그러자 한 순간에 중국 연안에 있던 한국고대역사문화유적이 사라져버렸다.

여기에서 말하는 '문제의 심각성'이란, 중국 동남해안선을 따라 분포된 유적지는 한국 고대사와 상당 부분 얽혀 있다는 사실이었다. 이는 한중 양국의 역사 문제에 엄청난 영향을 끼칠 수 있는 빌미를 제공할 수 있었기 때문에 이에 대해 중국 정부는 재빠르게 대처했던 것이다. 당시 중국은 서북공정, 서남공정, 동북공정이라는 프로젝트를 진행 중에 있었다. 이는 중국의 서북지역, 서남지역, 동북지역에 거주하는 민족에 대한 역사 문제였다. 서북공정이란 '통일적 다민족 국가론'에 입각하여 신장위구르 자치구와 그 지역을 중심으로 살아온 위구르를 대상으로 중국의 역사로 만들려는 역사화 작업이고, 서남공정은 서장자치구와 그 지역을 중심으로 살아온 티벳을 대상으로 중국의 일부로 만들려는 역사화 작업이며, 동북공정은 요하 문명[1]과 고구려와 발해 등을 중국의 지방정권으로 설정하여 중국의 일부로 편입하는 작업을 말한다. 결국 역사 전쟁이라 해도 과언이 아니다.

---

1) 요하 문명 유적지가 발굴되기 전인 1980년대까지 중국은 만리장성 북쪽은 야만족이며, 만리장성 이남에 위치한 황하문명 지역이 중화의 중심이라 말해왔다. 그것은 『사기』 등 많은 역사서만을 의존해왔기 때문이다. 하지만 이제 과학을 바탕으로 한 고고학이 발달하면서 부족한 역사서를 보충하여 역사는 나날이 바뀌고 있다. 역사는 과거의 사실이 아닌, 지금의 발견과 해석이기 때문이다. 그런데 이런 고고학 때문에 중국의 중화사상이 발칵 뒤집히게 되었다. 1930년대 일제 시대에 일본인에 의해 만리장성 북쪽 만주지역인 요하강 주변에서 유적이 최초로 발견되었고, 1980년대 중국인들에 의해 황하문명보다 1000년이나 앞서며 더 뛰어난 요하문명이 제대로 발굴되면서 중국은 충격에 빠졌다. 왜냐하면 요하문명은 중원의 황하문명과 전혀 다른, 북방 유목 계열이자 한반도 계열이기 때문이며, 게다가 더욱 놀랄만한 것은 이곳에서 '웅녀'가 발견되었기 때문이다.(졸저, 『이것이 글자다』, 문현, 2021. 231~232쪽)

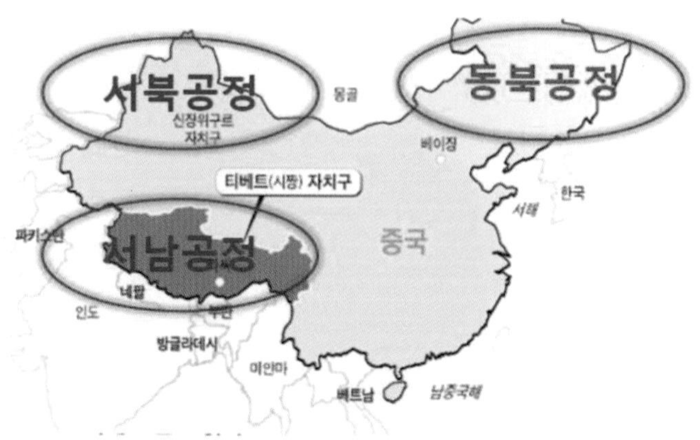

서북공정, 서남공정, 동북공정 지역

문제의 심각성을 인식한 한국 정부는 동북아역사재단을 설립해 이에 대한 연구와 관련 자료를 확보하는 등 대처하고는 있으나 많은 자료가 중국과 북한에 있어 체계적인 대응에는 여전히 부족한 실정이다. 뿐만 아니라 일부 지방정부에서는 아직도 이러한 사실도 인지하지 못한 채 지금도 중국과 관련된 역사문화유적지를 발굴하고 있는 상태다.

나는 석박사 기간 내내 '한자는 우리 민족의 근간인 동철족(東夷族)이 만든 글자'라는 생각을 떨칠 수 없었다. 일부 독자분들께서는 동이족(東夷族)은 들어봤어도 동철족(東夷族)은 들어보지 못했다고 의아하게 생각할 수도 있을 것이다. '동이족'의 '이(夷)'자를 3,000여 년 전 발음으로 하면 [tier. 텰, 철][2]이기 때문이다. 중화사상에 입각해서 만들어진 '동이족'이라는 명칭보다는 한민족사상에 입각해서 만들어진 '동철족'이라는 명칭이 보다 적절하지 않은가! 이에 대해 연구하던 중 최초의 한자인 갑골문에 우리말과 사투

2) 철(銕)자를 통해서 '이(夷)'자의 옛발음은 '철'이었음을 확인할 수 있다.

리 특히 제주의 사투리가 다수 존재하고 있음을 확인한 후 최근 졸저 『이것이 글자다』[3]를 통해 그간의 연구결과와 견해를 조심스럽게 내놓았다. 이 연구의 시발점은 바로 10여 년 전에 했던 암각화 연구에 있었다.

암각화에는 당시의 세계관과 생활상이 사실 그대로 반영되어 있다. 암각화를 남겨 놓은 민족의 입장에서 보면, 암각화는 선인(先人)들이 후손들에게 남겨 준 지혜의 보고다. 그들은 암각화를 통해 지혜를 얻었고 또한 그 지혜를 후손들에게 전해주었다. 이런 면에서 볼 때, 암각화는 그들의 선인과 후손을 연결시켜주는 매개체였던 것이다. 나는 그들이 남겨 놓은 그림이 어떻게 글자로 정착되었는지 그리고 글자 속에 그들의 문화가 어떻게 담겨 있는지에 대해, 더 나아가 그들이 전해 준 지혜가 무엇인지에 대한 관심이 매우 높았다.

2010년 전후, 나는 암각화에 대한 이러한 관심과 호기심으로 연구를 시작해서 암각화와 고문자(古文字)와의 연관성에 대해 논문 2편을 발표했다.[4] 그러던 터에 우연히 한국 남해안 일대에도 고문자와 관련된 암각화의 존재를 알게 되었다. 그리고 이에 대해 연구하다보니 일본에도 이와 매우 유사한 암각화가 몇몇 곳에 존재하고 있음을 알게 되었다. 이 부분에 대한 상세한 내용은 본서 제3장에서 자세히 다룰 예정이므로, 이에 대해 관심이 있다면 본서 제3장을 참고하면 될 것이다.

3) 졸저, 『이것이 글자다』, 문현, 2021.

4) 졸고, 「암각화 부호와 고문자 부호와의 상관성 연구 -내몽고(內蒙古) 암각화 부호 "△", "▽"를 중심으로-」, 中國語文學誌 Vol.37, 2011; 졸고, 「암각화 부호와 고문자 부호와의 상관성 연구II -內蒙古 암각화 부호 '◇'를 중심으로-」, 中國語文學誌 Vol.38, 2012

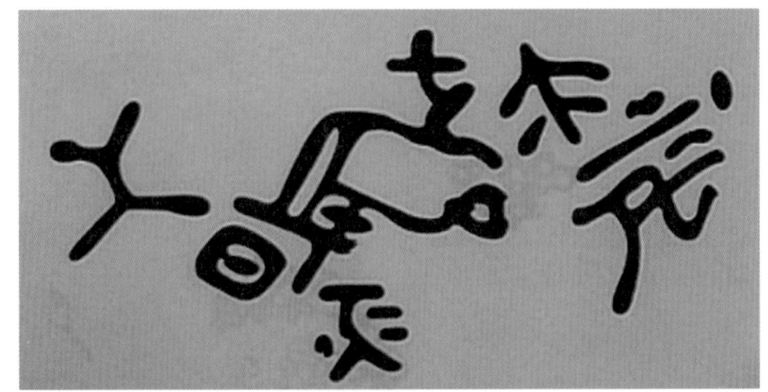

남해안에 있는 석각(石刻)

이 암각화는 '서불과차(徐市過此. 서불이 이곳을 지나갔다.)'[5]를 나타낸 암각화로 유명했다. 제주도 서귀포시에 위치한 서복전시관에도 이 암각화가 조각되어 있다. 나는 이 암각화를 문자로 해석하고 있음에 문제의 심각성을 느꼈다. 왜냐하면 암각화와 고문자를 연구하는 필자가 보기에 이것은 북방의 암각화에서 볼 수 있는 그런 종류의 암각화였기 때문이었다.

서귀포시 서복전시관 정면

서복전시관에 새겨진 암각화

지금까지 이 암각화에 대한 연구는 크게 글자로 보는 견해와 그

5) 서불을 '서복'이라고도 한다. 이 암각화는 '서불과차', '서복과차', '서불과지', '서복과지' 등으로 불리기도 한다.

림으로 보는 견해로 구분할 수 있다. 글자로 본다면 어떤 글자인지, 그림으로 본다면 어떤 내용인지를 밝히는 것이 이 암각화를 둘러싼 학자들의 임무다. 이제 이에 대해 하나씩 살펴보자.

우선 그림으로 해독하는 학자 가운데 대표적인 학자는 인도 중앙박물관 데세판데(Desepande) 박사다. 그는 이 암각화는 1,200년~1,300여 년 전의 것으로, 그림의 주제는 '이곳은 이 어른의 사냥터다'라고 해독했다.6) 데세판데 박사는 그림 하나하나를 모두 분석하여 놓았는데 그에 따르면,

1. 주인공인 왕 또는 수장(首長)이 가마 모양의 의자에 앉아 있고
2. 그가 데리고 있는 개
3. 주인공에게 무엇인가 진상하고 있는 시종
4. 사냥감이 되고 있는 동물
5. 사냥감에게 일격을 가하려는 사냥꾼 등으로 나타내고 있다.

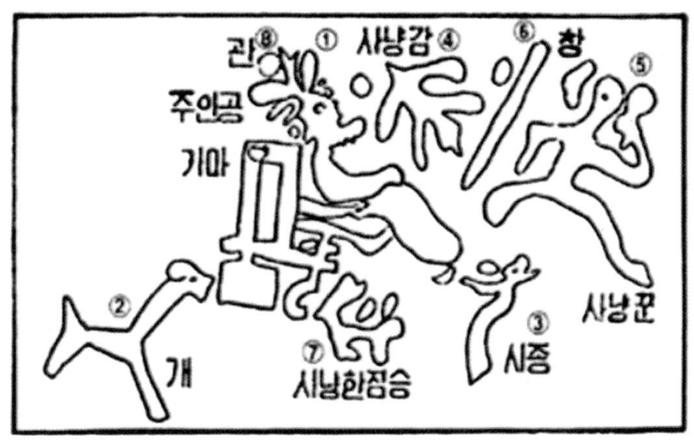

데세판데 교수의 수렵도

6) 한민족역사정책연구소, 「금문(金文)을 통해 본 고대 동아시아 사회, 역사의 재조명」 참고.

가만히 살펴보면 데세판데 교수의 해독이 일견 타당하게 보인다. 그런데 이 선각 그림을 '서불과차'로 해석하는 것도 선각 하나하나를 분석하여 같은 방법으로 해독하고 있는 것을 알 수 있다. 위에서 사냥꾼을 나타낸 ⑤는 '서(徐)'자, 사냥감을 나타낸 ④는 '불(市)'자, 왕이 가마에 앉아 있는 모습을 그린 ①은 '과(過)'자, 시종을 나타내는 ③은 '차(此)'로 해독하고 있는 것이다. 같은 그림을 놓고 전연 다르게 해독하고 있는 것 자체가 매우 놀라운 일이다. 이와 같은 양측의 확연히 다른 결론은 생각과 시각의 차이가 얼마나 중요한 지를 보여주는 대표적인 예라고 할 수 있다. 이것을 도식으로 나타내면 다음과 같다.

여기서 잠시 '서불과차(徐市過此)'라는 글자를 살펴보자. 이 그림과 고문자를 비교해보면 금새 차이가 있음을 발견할 수 있을 것이다.[7] 그러면 비교적 쉽게 그림과 글자와의 유사점과 차이점을 구

7) 고문자란 3300여 년 전 상나라에서 만든 최초의 글자인 갑골문(甲骨文)과 초기 금문(金文), 주(周)나라 황실에서 사용했던 청동기에 새겨진 금문, 이 금문을 토대로 문자개혁을 단행한 결과 진나라 때 만들어진 소전체를 말한다. 우리들이 현재 사용하고 있는 해서체는 그림모양의 소전체를 쓰기 쉽게

분해 낼 수 있을 것이다.

갑골문	금문	소전체	해서체
없음			徐 천천할 서
없음			市 앞치마 불
없음			過 지날 과
			此 이 차

이제 다시 처음으로 돌아가 데세판데 교수의 그림을 삽입하여 비교해보자.

갑골문	금문	데세판데 교수	소전체	해서체
없음				徐 천천할 서
없음				市 앞치마 불
없음				過 지날 과
				此 이 차

만든 글자체다.

여기에서 다시 암각화와 데세판데 교수의 그림을 비교해보자.

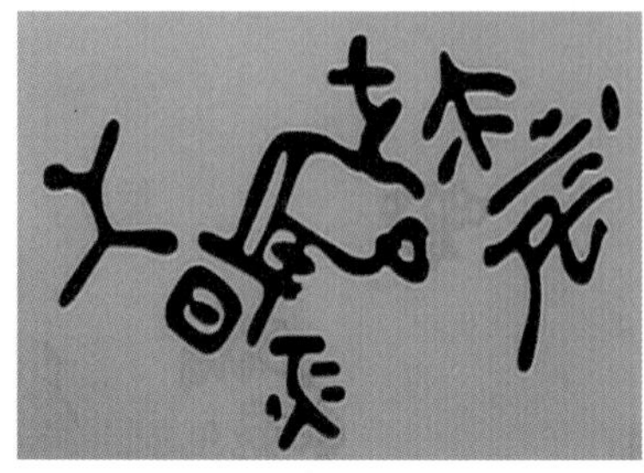

남해안에 있는 석각(石刻)

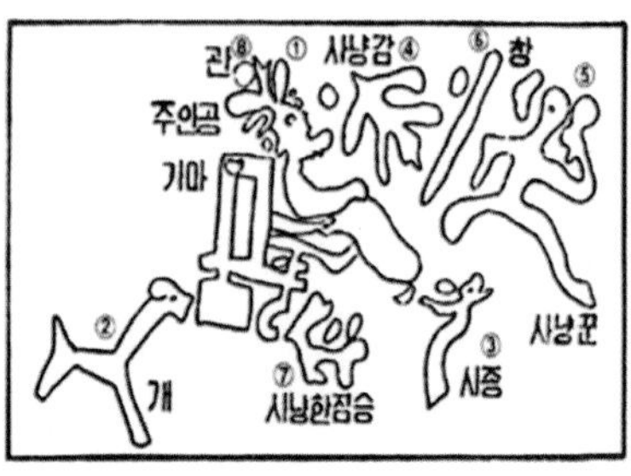

데세판데 교수의 수렵도

데세판데 교수의 설명이 일견 타당한 듯하지만, 원본 석각과 비교해보면 '그림의 변형'을 엿볼 수 있을 것이다. 원본을 이처럼 변형시켜버린다면 정확한 해독이 불가능할 뿐만 아니라 자칫 심각한 오류를 범할 수 있다. 데세판데 교수는 분명 이 점에 대해 알았을 것이다. 그는 어째서 원본을 변형시켜버렸을까? 그것은 그가 설명하지 못하는 그림이 있었기 때문이 아니었을까?

원본 석각에서 가장 중요한 부분 가운데 하나가 바로 '◉'다. 이것과 비슷한 갑골문과 금문을 살펴보자.[8]

이것은 해 일(日)자에 대한 갑골문과 금문이다. 얼핏 보면 '◉'은 일(日)처럼 보이지만 결코 일(日)이 아니다. 그렇다면 '◉'은 무엇

8) 고문자고림편찬위원회(古文字詁林編纂委員會), 『고문자고림(古文字詁林)』 1~12책, 상해교육출판사, 1999~2004. 제6책, 371~373쪽 참고.

일까?

이 부호는 북방의 암각화에 자주 등장하는데, 이는 말발굽 모양으로, 이 모양은 '여성생식기'와 흡사하기 때문에 '풍요와 다산'을 상징한다. 이에 대해 좀 더 구체적으로 살펴보자. 다음은 부호 '◎'와 관련해서 졸저 『에로스와 한자』[9]의 내용을 일부 발췌한 내용이다.

옆에 있는 유물은 체코 모라비아에서 출토된 매머드로 만든 원형 작품으로 학계에서는 '원형의 음문(陰門)'으로 명명했다. 이것은 그라베트 문화기(기원전 27,000~19,000년)에 속하는 작품으로 알려져 있다.

아래는 중국과 미국에 있는 암각화다.

중국 닝샤 러한산 암각화

미국 캘리포니아 오웬 계곡 암각화

왼쪽은 구석기시대에 해당하는 암각화로 여기에 그려진 것들은 여성생식기를 사실적으로 묘사한 그림 집단으로 알려져 있다. 오른쪽은 구석기시대에 해당하는 미국 캘리포니아 오웬 계곡에 있는 암각화로 여기에 그려진 것들 역시 왼쪽의 암각화와 마찬가지로 여성생식기를 사실적으로 묘사한 그림 집단으로 알려져 있다. 이

9) 졸저, 『에로스와 한자』, 문현, 2015. 74~75쪽.

러한 그림 집단은 내몽고 암각화에서도 많이 발견되었다.

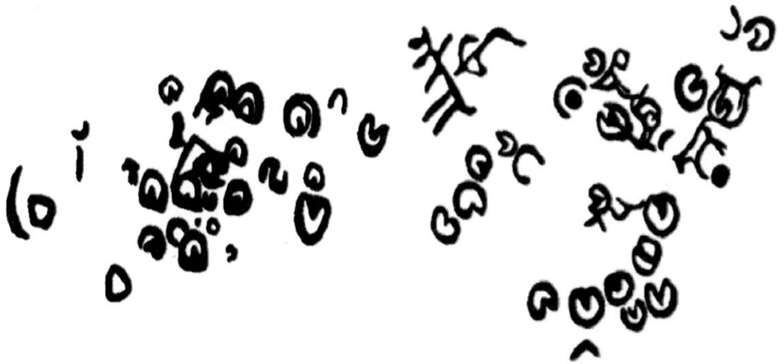

내몽고 오란찰포 사자왕기 사간합사도 암각화　　내몽고 산달뢰알사 암각화

결론적으로 말하자면, ‘◎’는 결코 해 일(日)이 아니라 전 세계에 공통적으로 등장하는 말발굽 모양을 나타낸 암각화라는 점이다. ‘◎’을 좌우로 변형시키면 말발굽 모양(◎)이 눈에 들어 올 것이다.

계속해서 ‘서(徐)’자로 알려진 ‘ ’에 대해 설명을 하면, 이는 북방 암각화에서 남성을 상징한다. 다음 내용 역시 졸저 『에로스와 한자』[10]의 내용을 일부 발췌한 내용이다.

내몽고 음산(陰山)의 암각화

10) 앞의 책, 150~151쪽.

이 암각화는 일반적으로 '성교와 생식'으로 해석하고 있다. 어느 누가 보아도 '남성의 상징'이 눈에 들어올 것이다. 이들은 남성의 상징이 그려져 있지 않는 사람(여성)들과 서로 손을 잡고 있다. 이 것을 문자로 나타낸 것이 큰 대(大)자와 클 태(太)자다. 이를 통해 대(大)자는 원래 '여성'을 나타낸 한자였음을 확인할 수 있다. 성기가 발기된 남성과 손을 잡고 있는 대(大), 이 모습은 서로 사랑을 나누고 자식을 잉태할 수 있는 성숙한 여성을 뜻한다. 당시는 유아의 생존율이 매우 저조했을 뿐만 아니라 여성이 임신 가능한 나이까지 성장하는 것은 결코 쉽지 않은 일이었다. 임신을 할 수 있는 여성, 자식을 낳아 종족을 보존시킬 수 있는 여성, 그 여성은 정말 '위대한 여성'이었고 추앙받는 여성이었던 것이다. 하지만 모계씨족사회에서 부계씨족사회로 넘어가면서 '여성'을 의미하던 대(大)는 '남성'을 의미하게 되었던 것이다. '서(徐)'자로 알려진 '　'는 남성 상징이 분명하게 드러난 태(太)자다.

계속해서 '차(此)'자로 알려진 '　'은 여성(암컷)이 엎드려 있는 모습이다.

갑골문 비(匕)자

비(匕)자는 동물의 암컷을 상징하는 글자다. 예를 들면 암컷 빈(牝)자, 암사슴 우(麀)자 등에서 비(匕)는 암컷을 나타내는 부호로 쓰였다. 암각화에서 이는 '풍요와 다산'을 상징한다.

결론적으로 말하자면, '서불과차'로 알려 진 암각화는 엎드린 여성(𠂇), 건장한 남성(大), 풍요와 다산을 상징하는 부호(◎) 그리고 개(丫)[11]와 돼지(豕, 豕) 등 동물들이 그려진 암각화임에 틀림없다. 북방의 암각화를 조금이라도 이해한 학자들 앞에 '서불과차' 암각화를 보여준다면 그들은 대부분 이처럼 해석할 것이다. 하지만 이 암각화를 '서불과차'라고 해석했다니, 여기에는 분명 어떤 이유가 있는 것은 아닐까? 도대체 왜 이처럼 해석했을까? 이런 저런 호기심과 의문점이 떠오를수록 이 암각화에 대한 해석은 더욱 미궁 속으로 빠져들었다.

고문자 학자들은 남성의 모습(大)을 서(徐)자로, 여성의 모습(𠂇)을 차(此)자로 해석했는데 아무리 살펴봐도 뭔가 많이 부족한 모습이다. 나는 다시 이 암각화를 살펴봤다. 암각화와 고문자의 관계를 연구해 온 학자로서의 결론은 남성과 여성, 다산과 풍요, 동물들로 결론을 내릴 수밖에 없었다. 하지만 많은 학자들이 이 부분에 대한 구체적인 연구와 분석을 하지 않고 '서불과차'를 말하고 있고, 이것을 마치 진실인 양 받아들이고 있는 것이 현실이다. 이것이 과연 진실일까? 진실은 무엇일까?

서불과차! 서불이 이곳을 지나가다! 서불이 왜?

이 암각화를 연구하던 중 이런저런 일들로 말미암아 이에 대해 잠시 잊고 있었는데, 2017년 봄, 중국산동사범대학교 모 교수가

11) 고문자 연구에 따르면, 이것은 분명 '범(凡)'자다. 범(凡)자는 바람 풍(風)자의 생략형이다. 바람 풍(風)에서 벌레 충(虫)자를 없애면 범(凡)자만 남는다.

갑자기 전화가 와서 “거절하지 말고 그냥 들어 달라.”고 말하고는 메일을 확인하라는 부탁과 함께 전화를 끊어버렸다.

1-2. 『서복사전』 수정위원회

이런 우연의 일치가 있을까? 메일을 열어본 순간 『서복사전』에 관한 내용이었다. 여기에 메일의 내용을 모두 밝힐 순 없지만 대략적인 내용은 다음과 같다.

> *“중국 산동성(山東省) 정부는 서복동도(徐福東渡. 서복이 동쪽으로 건너갔다)에 많은 관심이 있어서 몇 해 전에(2015년) 『서복사전』을 편찬했는데, 그 내용이 부족해서 한국과 일본의 학자를 초청해서 내용을 보충해서 수정하려고 한다. 한국의 제주도는 서복동도의 중요한 기점이라, 당신이 적임자라고 판단되어 한국측 편집위원 대표로 추천하니 사양하지 마시길 청한다.”*

메일을 받아보고 갑자기 생각이 멈췄다. 그리고 뭔지 모를 불안감에 사로잡혔다. 전세계 위인전에 등장하는 수많은 위인들 가운데, 수많은 왕들 가운데, 수많은 영웅들 가운데 ‘사전’으로 출판된 인물이 있었을까? 과문한 탓인지는 모르지만 나는 여태껏 봐본 적도 들어본 적도 없다. 하물며 진시황에 대한 사전도 아니고 진시황의 일개 사자(使者)에 불과했던 서복(徐福)에 대한 사전이라니, 그것도 2015년에 이미 출간 되었다니! 이름도 ‘서불’인지 ‘서복’인지 불분명한 사람인데, 게다가 장생불로초를 구하고 오겠다고 하면서 진시황을 속인 사람인데, 이 사람에 대한 사전!?

'어떤 사전일까?' 궁금하기도 했지만 그들의 발 빠른 움직임에 나는 놀라지 않을 수 없었다. '한 인물에 대한 사전?' '전설상의 인물일 뿐인데 사전까지?' '그들은 어째서 이처럼 서두르는 것일까?' '혹시 다른 목적이 있는 것은 아닐까?' 우선, 『서복사전』의 내용을 보고 싶었다. 며칠이 지나자, 한국측 학술대표로 초청한다는 초청장과 함께 『서복사전』을 보내왔다.

서복사전

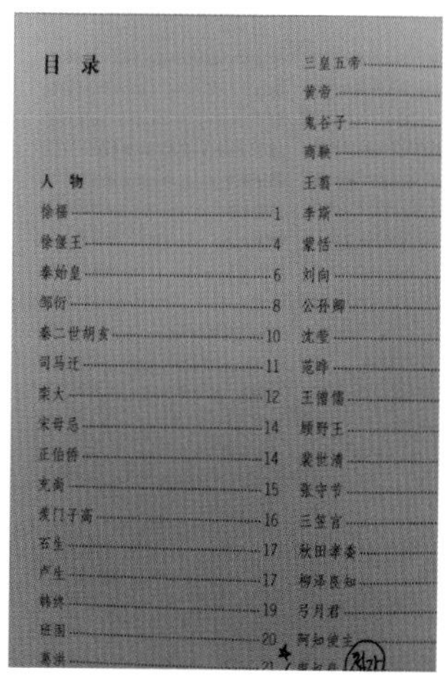

目录

人物

徐福……1
徐偃王……4
秦始皇……6
邹衍……8
秦二世胡亥……10
司马迁……11
栾大……12
宋毋忌……14
正伯侨……14
充尚……15
羡门子高……16
石生……17
卢生……17
韩终……19
班固……20

三皇五帝
黄帝
鬼谷子
商鞅
王翦
李斯
蒙恬
刘向
公孙卿
沈莹
范晔
王僧儒
顾野王
裴世清
张守节
三笠宫
秋田孝季
柳泽良知
弓月君
阿知使主

수정 중인 서복사전 목차

내 관심은 온통 '서불과차' 암각화에 있었다. 『서복사전』에는 어떻게 소개했을까? 나는 이 사전을 처음부터 끝까지 찾아보기를 반복했는데 남해안에 있는 암각화에 대한 소개는 '서불이 떠오르는 태양을 향해 예를 올리다라는 뜻인 서불기례일출(徐市起禮日出)' 외에는 그 어디에도 실려 있지 않았다. 이게 어떻게 된 일일까? 한국에서는 이것을 서복과 관련된 '가장 중요한 유물'로 인정하고 있음에도 불구하고 이렇게 간단하게 설명했다는 것은 좀처럼 이해하기 힘든 부분이었다. 그들의 입장에서는 이에 대해 많은 설명을 해서 한국의 학자들을 설득해야 하는데, 그들이 보기에도 이 암각화는 '서불과차'가 아니라는 것을 알았던 것은 아닐까?

나는 이 부분에 대한 궁금증을 품고서 2017년 7월, 4박 5일 일정으로 중국 옌타이(煙台)로 갔다. 옌타이 공항에 도착하자 관계자가 내 이름이 크게 쓰여진 팻말을 들고 서 있었다. 나는 그의 안내를 받으며 숙소에 도착하자마자 짐을 간단하게 정리한 후에 곧바로 회의장소에 갔다. 가서 보니 이미 도착한 전문가들이 서로 이야기를 주고받고 있었다. 그곳에는 나를 추천한 교수와 원로교수가 있었고, 또한 역사 전문가, 고문자 전문가, 배 전문가, 기후 전문가, 농업 전문가 등도 있었다. 인사를 나눈 후, 다시 숙소로 돌아와 짐정리를 하고 2시간 정도 휴식을 취하면서 각종 서류에 서명을 한 후, 본격적으로 토론을 진행했다. 첫째 날부터 마지막 날까지 토론의 연속이었다. 9시부터 12시까지 토론하고 점심시간 포함 3시간 휴식, 오후 3시부터 6시까지 토론하고 저녁 휴식. 첫날부터 긴장이 되었다. 나는 쉬는 시간에 중국 고문자학자로 회의에 참석 중인 분을 찾아 암각화에 대해 얘기를 나눴다. 그 결과 데세판데 교수가 '그가 데리고 있는 개'라고 해독한 모양인 '乂'은 그림으로 보면 유사하지만 만일 문자로 보면 이것은 결코 '개'가 아니라 '범(凡)'자[12]의 고문자 자형임을 확인했다. 게다가 이를 제외한 나머지 암각화는 문자로 볼 수 있는 근거가 희박하다는 결론을 얻었다.

12) 졸저, 『에로스와 한자』, 문현, 2015. 161~165쪽.

회의에 참석 중인 필자의 모습

토론의 쟁점은 서복이 기록된 역사서를 찾을 수 있는가 여부였다. 확인 결과 한국에서는 19세기 말 이후의 지방지(地方誌), 특히 남해안과 제주도의 지방지에만 서복과 관련된 내용이 조금 언급되었을 뿐 그 어떤 역사서에 기록된 바가 전혀 없음을 확인했다. 이러한 사실은 중국측 입장에서는 불행(?)이었지만 한국측 입장에서는 다행(?)이었다. 만일 한국의 역사서에 등장했었다면 그는 기원전에 한국에 건너 온 중국인으로, 그 후손들이 한국의 선조가 되었을 수도 있다는 결론에 도달할 아주 위험한 상황을 불러 올 수도 있는 민감한 문제였기 때문이다.

중국과 일본 학자들은 이미 '서복 일행은 일본에 가서 정착했다'고 기정사실화하고 있었다. '일본측 학자는 도대체 어떤 근거로 일본에 정착했다고 확신하는 것일까?' 이 점이 궁금해서 일본 학자와 여러 가지 대화를 나누던 중 그의 국적이 중국이라는 것을 발견하게 되었다. '중국인이 일본으로 귀화하여 일본 모 대학교에서 교수를 하고 있었으며, 중국측에서는 특별히 그 교수를 일본 학술 대표로 초대했다는 점은 무엇을 의미할까?' '서복 일행이 한반도를 거쳐 일본으로 건너가서 정착했다고 주장한다면 일본 선조의 뿌리는 중국인이라는 주장과 별반 다르지 않을텐데...' 순간 머릿속이 하얘졌다. 놀라움과 두려움과 무서움이 한꺼번에 몰려왔다. 동시에 정신을 차리지 않으면 안 된다는 어떤 사명감에 정신이 번쩍 들었다.

토론이 끝나고 저녁식사를 간단하게 마친 다음 산책로를 따라 이런저런 생각을 하면서 천천히 걷고 있었는데 젊은 청년이 눈에 띄었다. 내가 산책하다가 길을 잃어버릴 것을 염려해서 멀리서 나를 보호(?)하고 있었다는 것이다. 그는 사천성(四川省) 출신으로, 대학교를 졸업하고 이곳에 취직한 상태였다. 내가 서복에 대해 물으니 자신은 아무것도 모른다고 하면서 말끝을 흐렸다.

나는 숙소로 돌아와 컴퓨터를 켜고는 한국에 있는 서복관련 논문들을 찾아보았다. 그리고 논문의 저자들을 정리해 봤다. 그러자 한 가지 흥미로운 사실을 발견했다. A라는 학자가 처음으로 서복의 한국 방문을 기정사실화해서 논문을 쓴 다음에 다른 학자 B는 A의 주장을 인용했고, C라는 학자는 A와 B의 주장을 인용했으며, D라는 학자는 다시 A, B, C 학자의 주장을 인용하면서 결국은 서복의 한국 방문이 점차 고정되었다는 점이다. 더욱 놀라운 것은 이들은 대부분 한국 대학교 방문 중국인 교수들이라는 점이었다. 뿐만 아니라 한국의 지방정부에서는 이들에게 막대한 자금도 지원하고 있다는 사실이었다. 나중에는 한국 학자들 역시 이들의 논문을 무비판적으로 인용하면서 하나의 학설이 되어갔다. 정부와 학계에서 행해지고 있는 이처럼 놀라운 현실 앞에서 나는 잠시 멍해졌다.

1-3. 『서복사전』의 내용

2015년도, 중국측에서 편찬한 『서복사전』의 내용은 크게 인물편, 전적편, 방문지편, 방술(方術)편, 농업·양잠편, 이동수단편, 병사·병기편, 의식(衣食)편, 예법편, 관직편, 민속편, 전설편, 예술작품편, 부록편 등으로 나뉘어져 있다. 이에 대해 간단하게 설명하면 다음과 같다.

1. [인물편]에는 서복 및 서복과 관련된 사람들, 예를 들면 서복, 진시황 등이고, 다음으로는 신선사상가들인 추연, 석생, 로생, 한종 등이다. 또한 서복과 관련된 내용을 기록한 역사가들, 예를 들면 사마천, 사마광 등도 여기에 기술되어 있다.
2. [전적편]에는 서복과 관련된 역사서들을 열거하고 소개했는데, 예를 들면 『사기』, 『후한서』, 『삼국지』 등이다.
3. [방문지편]에는 서복이 방문했을 것으로 추정하는 곳을 열거해서 소개했는데, 예를 들면 중국의 서산, 한국의 제주도, 일본의 신궁시 등이다.
4. [방술편]에는 음양오행과 관련된 내용과 음양가, 점성술 등이 기록되어 있다.
5. [농업·양잠편]에는 다양한 곡식과 양잠업 등이 소개되어 있다.
6. [이동수단편]에는 수레와 선박에 대해 자세하게 설명되어 있다.
7. [병사·병기편]에는 병사의 종류와 군대의 기율 및 병법 등이 기술되어 있다.
8. [의식편]에는 의복과 곡식 그리고 식기류 등이 소개되어 있다.
9. [예법편]에는 예절과 법도 및 형벌에 대해 소개되어 있다.

10. [관직편]에는 삼공(三公), 구경(九卿) 등 다양한 관직이 소개되어 있다.
11. [민속편]에는 서복제, 서복공양제, 풍년제 등이 소개되어 있다.
12. [전설편]에는 서복과 관련된 다양한 전설이 깃들어 있는 곳이 소개되어 있다.
13. [예술작품편]에는 서복과 관련된 내용을 언급한 다양한 작품이 기술되어 있다.
14. [부록편]에는 춘추전국 시기의 중원의 지도, 진나라의 지도 등이 수록되어 있다. 여기에서 주목할 만 한 점은 진나라 때 만들어지기 시작한 만리장성이 한반도 북부까지 연결되어 있다는 점이다. 이 부분은 매우 심각한 오류다.[13]

---

13) 류진궈(중국교육부에서 파견되어 제주한라대학교 복지행정과재직), 「최초의 동북아 탐험가 - 서복의 이야기(The earliest navigator in Northeast Asia ——Xu Fu」, 제주발전연구 제20호, 2016. 12. pp. 233~253. 이 논문에도 이 지도가 개재되어 있다. 제주발전연구원에서는 이런 것조차 확인하지 않고 그대로 실었다는 점이 정말 실망스럽고 개탄스럽다.

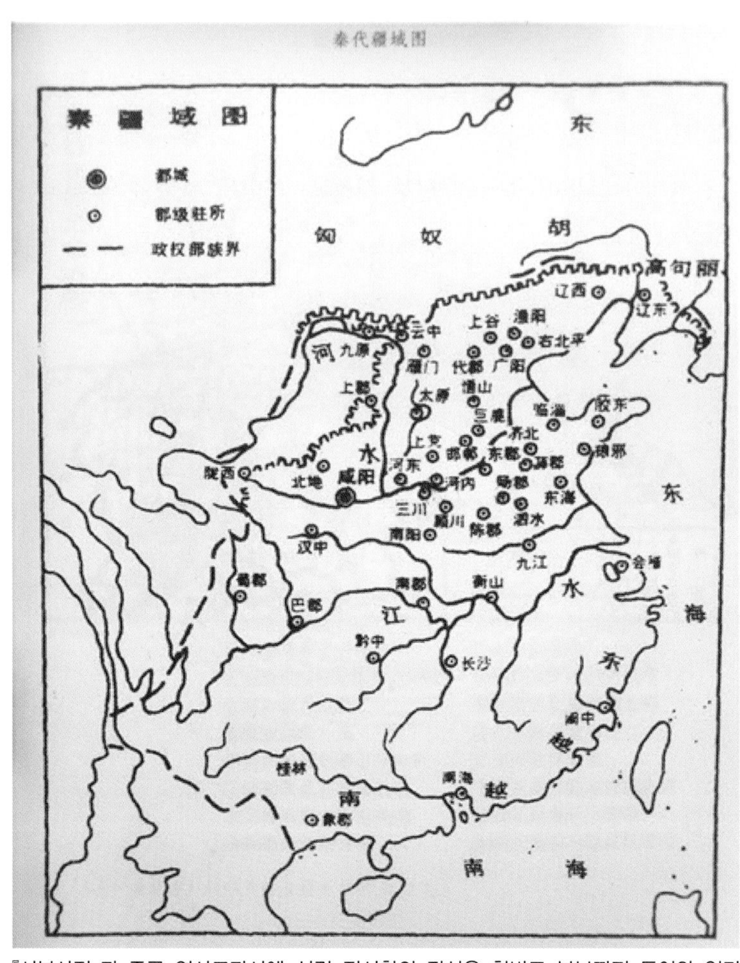

『서복사전』과 중국 역사교과서에 실린 진시황의 장성은 한반도 북부까지 들어와 있다. 이 지도는 역사왜곡을 위해 확대·과장된 것으로 실제로는 이렇지 않다.

나는 [부록편]을 보고, 이에 대한 문제점을 지적했다. 어느 누구도 예상하지 못한 지적이었다. 토론장은 침묵에 휩싸였다. 수정위원회 원로교수는 잠시 차를 마시면서 휴식을 취하는 것이 좋겠다고 하면서 밖으로 나갔다. 나는 그 자리에 가만히 앉아 있었다. 여러 가지 생각에 지금 이 순간 어느 누구와도 대화하고 싶지 않았다. 그들은 나를 피하는 것만 같았다. 『서복사전』의 출간 의도가 보이는 듯 했다. 이 사전의 목적은, 서복 일행의 동도(東渡. 동쪽으로 건너 감)를 통해 중국의 선진 사상과 기술을 한국과 일본에 전해주었음은 물론 동시에 중국은 한국과 일본의 조상일 수 있다는 취지였다.

다시 회의 시작, 수정위원들은 『서복사전』에 대해 많은 토론을 했지만 나는 가만히 듣기만 했다. 이미 결론이 나 있는 회의였기에, 여기에서 말을 해 봐야 그들에게는 [부록편]을 수정할 가능성이 전혀 없었기 때문이었다.

일부 수정위원들은 『서복사전』에 실린 많은 내용이 중복되어 있을 뿐만 아니라 심지어 서복과 관련이 없다고 여겨지는 내용도 다수 들어 있음을 지적했다. 내가 처음 『서복사전』을 받아 보았을 때도 이와 같은 생각이었다. 『서복사전』은 '사전'이기 때문에 어느 정도의 분량이 필요했을 것이고, 그 분량을 채우기 위해서 조금이라도 연관된 부분을 찾고 또 찾다보니 이런 문제가 발생할 수밖에 없었다.

나는 조용히 앉아서 듣다가 서복의 이름에 대해 질문을 했다.

> *"중국 최고(最古)의 역사서라 일컬어지는 『사기(史記)』에는 "제나라(혹은 지역) 사람 서불(徐市)"[14]이라고 했으면 『서불사전』이라고 해야지, 어째서 『서복사전』이라 했죠?"*

---

14) 『서복사전』에 실린 『사기』 내용 재인용. "齊人徐市." 1쪽.

"아, 그것은 '불(巿)'자와 '복(福)'자는 고대에 발음이 비슷했기 때문에 『서복사전』이라고 했죠. 그리고 역사가들도 어떤 사람은 '서불'이라고 했고, 또 어떤 사람은 '서복'이라고 했습니다. 사마천 역시 '서불'이라고 했다가 '서복'이라고 했습니다."

정해진 대답이었다. 하지만 더 이상의 설명은 없었다. 나는 조심스럽게 다음과 같이 말했다.

"'불(巿)'자와 '복(福)'자에서의 느낌이 완전히 다르지 않나요? '불(巿)'자는 '슬갑'란 뜻입니다. '슬갑'이란 몸을 보호하고 추위를 막기 위하여 바지 위에다 무릎까지 내려오게 껴입는 옷을 말하죠. 요즘 말로하면 요리할 때 '불'로부터 몸을 보호하기 위해 입는 '앞치마'로 이해하면 될 것입니다. 이 글자로 추측해보면 그는 앞치마처럼 몸을 보호하는 옷을 입고 불로장생과 관련해서 다양한 약초와 광물 등으로 이러저러한 실험을 했던 인물이 아닐까요? '복(福)'의 갑골문은 '복(畐)'입니다. '복(畐)'은 '술동이에 술이 가득 담긴 항아리' 모습을 그린 글자죠. 복(畐)자의 당시 발음은 '불', 이 발음은 한국어의 '부풀다', '불리다', '불어나다', '볼록(불룩)' 등과 관련된 말로, 이 발음에서 '더 많아지다'는 의미인 영어 '플러스'가 나왔음을 유추해 볼 수 있습니다.[15] '불(巿)'과 '복(福)'은 당시 발음이 모두 '불'로 서로 대체할 수 있기 때문에, 신선이 되기 전인 '서불'이 신선이 되어 복을 베풀어주는 사람이라는 의미로 탈바꿈되어 '불(巿)'자 대신 '복(福)'자로 대체되어 '서복'이 되었다고 보는 것이 합리적인 추론이 아닌가 합니다. 여러분들께서는 어떻게 생각하시는지요?"

15) 졸저, 『이것이 글자다』, 문현, 2021, 26~27쪽.

수정위원들은 내 의견에 찬성했다.

1980년대, 서주(徐州)사범대학 나길상 팀이 인구조사를 벌이던 중 우연히 강소성(江蘇省) 연운항시(連雲港市) 공유구(贛榆區)에 서복촌(徐福村)이 있음이 발견되었다. 약 2200여 년 동안 전설상의 인물로 치부되었던 서복이 마침내 실존인물일 가능성이 제기되었던 것이다. 서복의 고향이 발견되면서 진시황의 불로초 탐사가 전설이 아닌 역사라는 주장이 제기됐다. 이때부터 서복에 대한 대대적인 조사와 연구가 탄력을 받게 되었다.

강소성 연웅항시 공유구에 있는 서복촌

공유구에 있는 서복촌 유적 발굴은 산동성, 절강성, 강소성 등 다른 지역의 서복유적 발굴의 불씨가 되었다. 지금까지 연구결과에 따르면, 서복의 고향에 대해서는 산동성 연태시, 산동성 청도시(青島市), 강소성 연운항시 등 세 곳이 유력하다.16)

16) 『서복사전』, 1쪽.

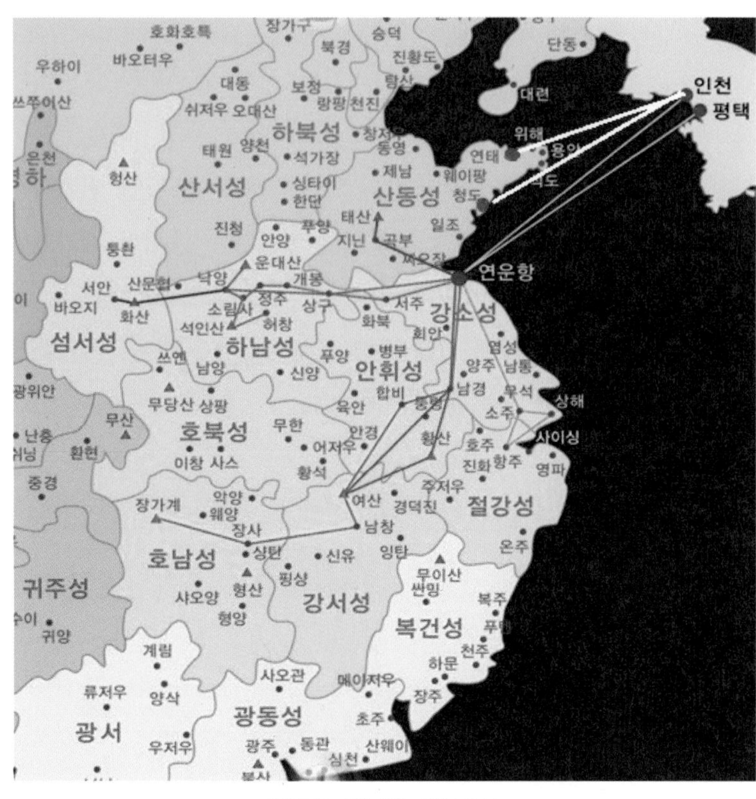

연태시, 청도시, 연운항시

토론 중간, 휴식 시간에 연운항에서 온 학자에게 서복촌에 대해 이런 저런 얘기를 하던 중, 서복촌이 있는 마을에는 약 1000여 가구가 살고 있는데 아이러니하게도 서씨(徐氏)는 한 명도 없다고 했다. 그는 "서복이 돌아오지 않으면 후손들이 피해를 입을까 봐 서복은 동해바다로 출항하면서 후손들에게 다른 지역으로 이주하거나 성씨를 바꾸라고 했다."면서 서복 조상의 말에 따라 후손들이 성씨를 바꾸거나 다른 마을로 이사해서 정작 서복촌에는 서씨가 살지 않는다고 했다.

'서복은 어째서 출항하면서 돌아오지 않을 것을 암시했을까?' '그는 출항 전에 이미 진시황을 속일 생각이었을까?' '진시황과 서복 사이에는 도대체 어떤 일이 있었을까?' 지금부터 그들의 이야기 속으로 들어가 보자.

제2장

진시황의 불로초에 대한 열망

진시황의 사자 서복, 역사인가 전설인가

제2장

진시황의 불로초에 대한 열망

2-1. 『사기』

진시황과 서복의 이야기가 최초로 실린 역사서인 『사기(史記)』. 우리는 이 역사서를 어떻게 봐야 할까? 과연 믿어도 될 역사서인가?

우선 『사기』는 어떤 책일까? 일반적으로 중국의 역사는 사마천(司馬遷)이 지은 『사기』의 내용을 출발점으로 한다. 사마천의 아버지인 사마담(司馬談)이 처음으로 이 책을 저술했으나, 일을 완수하지 못하고 죽음을 맞게 되자 이에 분개하며 아들 사마천에게 자신의 뒤를 이어 역사책을 짓는 일을 완수해줄 것을 유언으로 남겼다. 사마천은 그러한 아버지의 유언을 받들어 『사기』의 편찬을 계속하게 되었다. 그런데 기원전 99년, 사마천은 흉노에 투항한 장수 이릉을 변호하다 무제의 노여움을 사서 투옥되고, 이듬해에는 궁형에 처해졌다. 옥중에서 사마천은 고대 위인들의 삶을 떠올리면서 자신도 지금의 굴욕을 무릅쓰고서 역사 편찬을 완수하겠다고 결의하였다고 한다. 기원전 97년에 출옥한 뒤에도 사마천은 집필에 몰두했고, 기원전 91년경 이 책은 완성되었다. 사마천은 자신의 딸에게 이 『사기』를 맡겼는데, 무제의 심기를 거스를 만한 기술이 이 책 안에 포함되어 있었기 때문에 숨겨오다가 선제 시대에 이르러서야 사마천의 손자 양운에 의해 널리 퍼지게 되었다고 한다.

『사기』가 최고(最高)의 역사서임이 드러나기 시작한 것은 1899년이고, 드러난 순간은 1930년대다. 그 이전까지는 하나의 역사서에 지나지 않았다. 여기에는 어떤 비밀이 숨겨져 있을까? 그것은 최초의 문자인 '갑골문(甲骨文)'의 발견과 깊은 관계가 있다.

19세기 말엽, 지금의 하남성(河南省) 안양시(安陽市)의 창덕(彰德) 서북방으로 약 400여 미터 떨어진 소둔촌(小屯村)에서 한 농부가 밭에서 우연히 갑골(甲骨. 거북이배껍데기)의 파편을 발견하게 되었다. 그는 그것을 빻아서 직접 복용해보니 기력이 회복되는 것을 느꼈다. 그는 한약방에 그것을 가지고 갔다. 그러자 그것은 용골(龍骨)[17]이라고 여겨 약방에서 병을 치료하는 약재로 사용되고 있었음을 알게 되었다. 그래서 그는 밭 근처에서 많은 용골을 캐내어 약방에 판매하게 되었던 것이다.

1899년, 당시 국자감 좨주(祭酒)였던 왕의영(王懿榮, 1845~1900)은 병에 걸려 약재를 사서 병을 치료하고 있었다. 한약방에서 조제해 온 약재에는 '용골'이라는 뼈 조각이 있었다. 그와 그의 제자인 유악(劉鶚. 유철운(劉鐵雲)이라 부르기도 함, 1857~1909)

17) 용골: 한의학에 따르면, 이는 큰 포유동물의 화석화된 뼈를 말한다. 주로 탄산칼슘으로 되어 있으며 한약재로서 진정 작용을 한다. 용골은 수족궐음과 소음으로 들어가고, 주침해서 쓰며 붕루, 대하, 풍열, 간질에 쓴다. ① 갑상선기능 항진을 억제하고 병리적 증식조직을 소산(消散)시킨다. ② 골격근의 경련을 완화하고 허약체질을 강화한다. ③ Ca++이 Acetylcholine 합성을 촉진하여 교감신경 흥분을 완화하여 지한(止汗)작용을 하고 발모(發毛)를 촉진한다. ④ 모려와 함께 사용하면 뇌파의 이상발작(異狀發作)을 진정하는 힘이 강하다. 출처, 『생약사전』.

은 약재로 쓰려던 용골에 묘한 글자가 새겨져 있는 것을 발견했다. 그 글자는 그들이 연구하던 청동기에 새겨진 글자인 금문(金文)과 비슷한 글자였다. 그냥 약재상이나 아이의 장난이겠거니 하고 무심코 지나칠 수도 있었지만, 청동기와 비문 등에 새겨진 옛 기록을 연구하는 금석학을 공부한 두 사람은 그 글자들이 현대의 것이 아님을 알아보고 놀라운 사실을 발견했다. 그들이 발견한 뼈에는 『사기』에 기록된 상(商)나라 왕의 계보와 매우 유사한 내용이 새겨져 있었기 때문이었다. 당시 중국의 첫 번째 왕조인 하(夏)나라와 두 번째 왕조인 상나라는 전설상의 왕조로 여겨지고 있었던 때였다. 어쩌면 전설상의 왕조가 역사 앞에 모습을 드러낼 것 같은 예감에 사로잡혔다.

그들은 뼈의 출처를 열심히 조사했다. 곧바로 용골을 구입한 한약방으로 달려가 그것을 판매한 약재상을 소개해 달라고 요청했고 얼마 후 한약방으로부터 연락을 받은 산동성(山東省)의 골동상인 범유경(范維卿)은 12관(串)의 용골을 가지고 북경의 왕의영을 찾아왔다. 왕의영은 그 갑골에 새겨진 문자를 보고 『사기』의 내용과 대조하여 감정한 결과 금문보다 훨씬 앞선 상나라 시대의 문자라는 사실을 알게 되었다. 그는 계속해서 수천 편의 갑골을 구입했다. 하지만 1900년에 의화단의 난[18]을 진압하기 위해 서양 연합군이

18) 무술변법이 실패로 돌아간 다음해인 1899년 의화단(義和團)이 중국인 기독교 신자들이 거주하는 평원현을 습격하는 사건이 발생하였다. 이것이 의화단 사건의 도화선으로 이를 계기로 하여 의화단의 폭동은 확대일로를 치달아 서양인에 대해 무자비한 테러를 가하는 배외(排外) 운동으로 확산되어 갔다. 교회가 서구 열강의 약탈적인 무역과 양풍화(洋風化), 이를 테면 서세동점(西勢東漸)의 첨병 구실을 하고 있다는 데 민중들은 분노를 느끼지 않을 수 없었다. 청나라가 패전을 거듭할 때마다 치욕적인 조약을 체결하고, 그에 따른 배상금의 지불 문제로 중국 민중들의 생활이 위협받

북경에 쳐들어 온 것을 막지 못한 책임을 지면서 스스로 우물에 빠져 자결했다.

왕의영이 죽자, 그가 수집했던 갑골은 제자인 유악이 물려받았다. 그는 1903년 왕의영으로부터 전해들은 갑골에 대한 이야기와 갑골편을 선별해 『철운장귀(鐵雲藏龜)』라는 최초의 갑골문에 관한 책을 펴냈다. 왕의영과 유악은 용골의 출처를 찾기 위해 백방으로 노력했으나 정확한 지점을 찾아내지 못했다.

1908년, 나진옥(羅振玉)은 처음으로 갑골의 출토지점이 하남성 안양의 은허라는 사실을 밝혀냈으며, 이어서 그와 왕국유(王國維)는 은허라는 곳이 바로 상나라 후기 수도였다는 사실을 고증해 내었다.

게 되자 그들은 기독교를 앞세운 열강의 제국주의가 중국을 침략했기 때문이라고 생각했다. 이러한 민중들의 분노와 불만을 배경으로 튀어나온 것이 의화단이었다. 하지만 그 결과는 참담했다. 1900년에 진압되었고, 1901년 9월 7일 청국 대표 이홍장과 연합국 대표 사이에 이른바 신축 조약(辛丑條約, 의화단 최종 의정서) 12개조가 조인되었다. 이 조약의 주요 내용은 다음과 같았다. 1. 배상금 총액 4억 5천만 냥(39년 연부, 연당 금리 4푼 포함하여 총액 9억 8천만 냥)을 지불할 것. 2. 대고 - 북경 사이의 포대를 철거할 것. 3. 북경 - 산해관 사이의 요지에 외국 군대를 주둔시킬 것. 4. 천진 주위 20리 이내에서의 중국 군대의 주둔 금지. 5. 북경에 '공사권 구역' 설정. 6. 공사권 지역에서의 외국 군대의 주둔. 5년 간격으로 당한 패전과 굴욕적인 조약 체결, 그리고 막대한 배상금의 지불은 청나라의 국가 재정을 곤경에 빠뜨리고 국민 생활을 막다른 골목으로 몰아넣었다. 결과적으로 의화단 사건은 어렵게 명맥을 이어오던 청나라에 결정적인 타격을 주어 국가의 쇠망을 촉진시키고 외국 군대의 주둔을 허용함으로써 국토의 반식민지화를 가져온 셈이 되고 말았다.

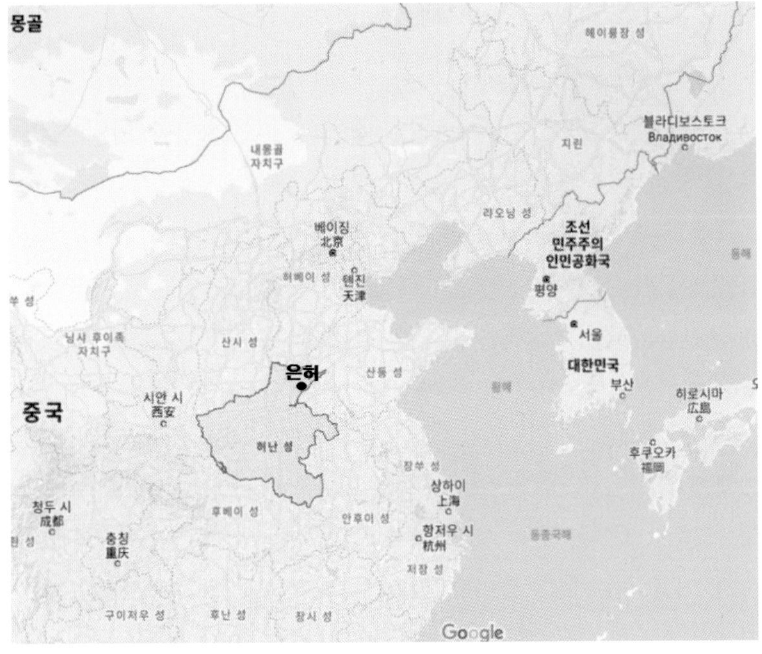

갑골문이 발견된 은허유적지 위치

갑골의 발견과 은허의 성질에 대한 추정은 드디어 1928년부터 은허에 대한 대대적이고도 종합적인 발굴이 이루어지도록 했으며, 중앙연구원 역사언어연구소에서 1928년부터 1937년까지 총 15차례에 걸쳐 발굴을 했다. 이 결과물은 『갑골문합집(甲骨文合集)』 13권으로 집대성했다.

갑골문

『갑골문합집』

만일 『사기』가 없었다면 갑골문이 발견되었다고 하더라도 판독을 해내지 못했을 수도 있고 또한 그것이 상나라의 유물인지 단정하기 매우 곤란했을 것이다. 이러한 이유로 인해 중국에서는 『사기』의 내용은 모두 사실이라고 받아들여지고 있으며, 최고(最高)의 역사서로 자리매김할 수 있게 되었다.

하지만 『사기』의 내용을 완벽한 사실로 믿기에는 의심스러운 부분이 한두 가지가 아니다. 예를 들면, 하나라 마지막 왕인 걸왕과 말희 이야기, 상나라 마지막 왕인 주왕과 달기 이야기, 주나라[19] 유왕과 포사 이야기 등의 내용은 왕의 이름과 여성의 이름만 다를 뿐 그 내용은 거의 대동소이하다. 즉 이들 모두 여성으로 인한 왕조의 멸망을 이야기하고 있는데,[20] 이 내용은 매우 의심스럽다.

---

19) 주나라는 동주와 서주로 나뉜다. 유왕을 중심으로 유왕을 포함 한 그 이전을 동주라고 하고, 유왕 이후를 서주라고 한다. 그래서 유왕이 주나라 멸망의 원흉이라고 알려져 있다.

20) 주왕과 달기 이야기의 내용을 예로 들어 보면, 주왕은 원래 자질이 뛰어 났다고 한다. 말솜씨가 뛰어나고 행동도 민첩했다. 체력도 좋아 맨손으로 맹수를 때려잡을 정도였다. 그러나 그의 총명함은 주변의 충고를 거절하게 만들었고 지혜는 자신의 잘못을 감추기에 충분했다. 한마디로 지나치게 자신

그렇기 때문에 『사기』를 읽을 때는 보다 신중해야만 한다. 『사기』의 내용이 사실인지 여부에 대해서는 소설가 김진명 작가가 쓴 『글자전쟁』을 읽어보면 좋을 것이다.[21]

만만했다. 그런데 주왕이 유소(有蘇)를 정벌했을 때 그 왕은 주왕에게 달기를 바쳤다. 주왕은 달기를 보자마자 반했다. 경국지색(傾國之色)이었다. 주왕은 정사를 돌보지 않고 달기와 쾌락에 빠졌다. 달기는 주왕을 사로잡기 위해 복숭아꽃 꽃잎을 짜서 만든 '연지(燕脂)'를 뺨에 발랐고 그녀 방에는 음란한 병풍이 펼쳐져 있었다. 달기가 주왕의 총애를 받자 강왕후는 질투를 하였다. 어느 날 자객이 주왕을 습격했다. 달기는 이 사건을 강왕후에게 덮어씌웠고 강왕후는 죽었다. 주왕은 녹대(鹿臺)라는 누각을 만들어 재물을 가득 쌓았다. 별궁 정원 앞 연못에는 술을 가득 채우고 고기를 숲처럼 즐비하게 늘어세운 뒤 그 사이를 실오라기 하나 걸치지 않은 발가벗은 젊은 남녀를 뛰놀게 하면서 밤낮을 가리지 않고 향락하였다. 주지육림(酒池肉林)에 빠졌다. 달기는 인사에도 관여하였다. 주왕은 달기의 마음에 드는 신하만 중용하였다. 그의 주변에는 간신들로 가득 찼다. 미자(微子)·기자(箕子)·비간(比干) 같은 충신들의 직언을 싫어하여 그들을 내쳤다. 그리하여 미자는 나라를 떠났고 기자는 노비가 되었으며 비간은 죽임을 당했다. 주왕의 숙부인 비간은 사흘에 걸쳐 주왕에게 간언하였는데 주왕은 "옛 성현의 심장에는 일곱 개의 구멍이 있다는데 네 심장에는 과연 일곱 개의 구멍이 있는지 조사해 보자"며 비간을 해부하여 그 심장을 꺼내보았다. 『열녀전』에는 "이 일 또한 달기를 기쁘게 해주기 위함이었다"고 적혀있다. 특히 참혹한 것은 주왕은 임신한 비간의 아내의 배를 갈라 태를 보는 악행을 서슴지 않은 점이다. 또한 주왕은 포락지형을 실시했다. 이 형벌은 이글이글 숯불이 타오르는 구덩이 위에 기름을 바른 구리 기둥을 즐비하게 얹은 다음 그 위를 맨발로 걷게 하여 건너가게 한 처형 방법이었다. 이글거리는 불 위를 걷는 죄수들. 구리 기둥에서 미끄러지면 떨어져 불에 타 죽고 아슬아슬하게 건너가면 손과 발이 불에 타 뼈가 다 드러나는 아비규환의 지옥. 이 모습을 보고 주왕과 달기가 즐거워했으니…. 마침내 주나라 무왕은 은나라 폭군 주왕을 징벌했다. 두 나라는 목야에서 전투를 벌였다. 주나라 군사는 4만5천명 은나라는 70만 명이었다. 은나라는 훨씬 우세했지만 군사들은 싸울 마음이 없었다. 그들은 주로 노예와 가난한 자유민이어서 적개심이 있을 리 없었다. 전투가 시작되자 은나라 군사들은 무기를 거꾸로 들고 앞 다투어 투항했다. 폭군 주왕은 귀중한 보물을 감춰둔 녹대의 '선실(宣室)'에 불을 놓아 스스로 불타 죽었고 달기는 목을 매어 자결했다.

21) 졸저, 『이것이 글자다』, 문현, 2021. 184~185쪽.

2-2. 진시황과 서불의 만남

우리가 알고 있는 '진시황'이란 통일제국 진(秦)나라의 첫 번째(始) 황제(皇帝)를 말한다. 그는 50세(기원전 259년 1월~기원전 210년 음력 6월 14일)의 나이로 세상과 이별했다. 그에 관한 영화 중에 【영웅】이란 영화가 있다. 진시황은 수차례 전쟁을 통해 결국 사분오열되었던 중국을 통일시켰지만, 그 통일이란 수많은 백성들의 희생으로 만들어진 것이었다. 이에 희생자들을 위한 복수를 다짐하고 수련을 통해 실력을 쌓은 검객은 마침내 진시황과 대면하게 된다. 하지만 진시황의 얘기를 듣고 그는 복수를 단념하고 만다. 진시황이 말하길, "만일 중국이 다시 사분오열이 된다면 또다시 이와 같은 전쟁이 발발할 수밖에 없을 것이고, 그러면 다시 수많은 백성들의 희생이 뒤따를 수밖에 없다. 희생자들에 대해서는 안타깝지만 통일 중국을 위해 그리고 그 후손들을 위해서 어쩔 수 없는 선택이었다. 중국의 백성들을 위해서!" 이 영화는 정치적 색채가 매우 농후하다. 결국 중국 공산당을 위해 중국의 백성들은 희생하라는 메시지다. 그렇지 않으면 중국이 다시 혼란을 겪게 되며, 이로 인해 더 많은 희생자들이 생겨나기 때문에 이를 미연에 방지하고자 함이라는 것이다.

영화 【영웅】

『사기·자객열전』에 따르면 기원전 227년에 형가(荊軻)에 의한 진시황 암살 시도, 고점리(高漸離)에 의한 암살 시도, 『사기·진시황본기』에 따르면 기원전 218년 장량(張良)에 의한 암살 시도 등 세 번의 암살 시도는 모두 실패로 끝났다. 이처럼 진시황은 언제 어디서나 암살을 당할 위험에 노출되어 있었다.

진시황, 그는 수많은 원혼(冤魂)들에 휩싸인 채로 생활을 하게 되었다. 그래서 그는 죽는 것이 무엇보다도 두려웠다. 이 두려움은 결국 그의 장생불로초(長生不老草)에 대한 열망을 더욱 강화시켰다. 자신이 살아있는 한, 두 번 다시 통일 중국은 분열되지 않을 뿐만 아니라 영원히 황제로 머물 수 있기 때문이었다. 백성에 대한 사랑을 빙자한 자신의 욕망은 광적으로 나타났다.

『사기』에 기록된 바에 따르면, 진시황은 5차례 동쪽으로 순시(巡視)를 떠났고, 그 가운데 3차례(기원전219년, 기원전218년, 기원전210년)는 낭야(琅琊)[22]를 경과했고, 이 과정에서 두 차례(기원전219년, 기원전210년) '서불'을 만났다. 『사기·진시황본기』에 '서불'이란 명칭은 4번 등장한다. 이제부터 진시황과 서불의 두 차례 만남에 대해 살펴보자. 지금까지 서불과 관련된 대부분의 연구들은 서불이 등장하는 것만 언급했는데, 여기에서는 기원전 219년~기원전 210년까지 중요한 내용을 열거하여 서불과의 만남이 어떻게 이루어졌는지 살펴보고자 한다. 이렇게 나열하는 이유는 진시황의 심경이 어떻게 변화되었는지에 대해서 알 수 있을 뿐만 아니라 이렇게 해야만 어떤 것이 진실이고 어떤 것이 전설인지 파악할 수 있기 때문이다. 지금부터 연대순으로 중요한 부분만 옮겨본다.

22) 이곳은 중국사학계가 일반적으로 인정하는 곳이다.

기원전 219년,

시황이 동쪽으로 군현을 순시하다가 추역산(鄒嶧山)[23]에 올라 비석을 세워 옛 노나라 지역 유생들과 상의하여 진의 공덕을 노래하는 내용을 비석에 새겼다. … 이어 발해(勃海)를 끼고 동으로 황현(黃縣)과 추현(腄縣)을 지나 성산(成山) 끝까지 간 다음 지부산(之罘山)에 올랐다. …남으로 낭야산(琅邪山)에 오르니 너무 기뻐 석 달을 머물렀다. …

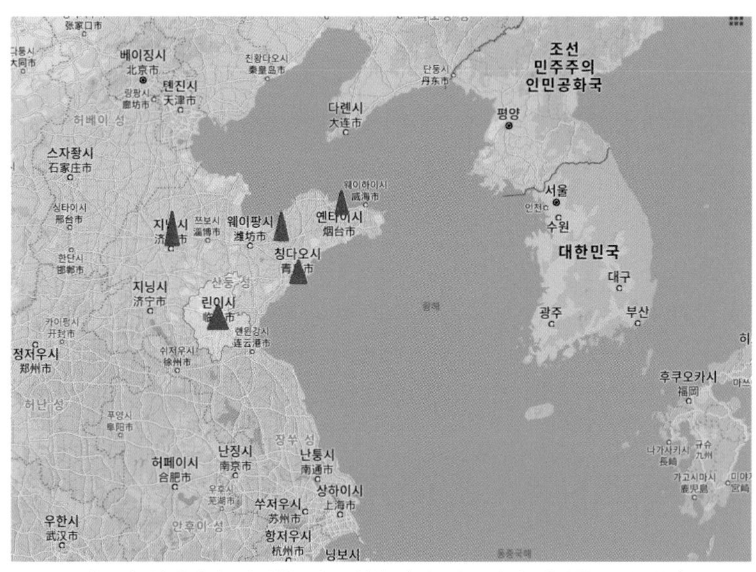

산동성 연태시에 위치한 지부산(위쪽)과 산동성에 위치한 낭야산[24]

진왕이 천하를 아우르고 황제라는 이름을 세웠다. 이에 동쪽 땅을 순

23) '추역산'은 역산(嶧山), 추산(鄒山), 동산(東山)이라고 한다. 공자의 고향인 산동성 곡부에서 버스로 약 1시간 정도 남쪽으로 가면 맹자의 고향인 추성(鄒城)이 있는데, 이곳에 추역산이 있다.

24) 낭야산의 위치는 산동성 일대에 있지만 그 구체적인 위치는 아직 미확정인 상태다. 산동성 청도시에 위치한 산일 가능성이 높다.

*시하여 낭야에 이르렀다. 무성후(武城侯) 왕리(王離), 통무후(通武侯) 왕분(王賁), 윤후(倫侯) 건성후(建成侯) 조해(趙亥), 창무후(昌武侯) 성(成), 무신후(武信侯) 풍무택(馮毋擇) 등 여러 후와 승상 외림(隗林), 승상 왕관(王綰), 경 이사(李斯), 경 왕무(王戊), 오대부 조영(趙嬰), 오대부 양규(楊樛)가 황제를 수행하며 바다 위에서 의논했다. … 일이 끝나자 제나라 사람 서불(徐市)**등이 글을 올려 "바다에 봉래(蓬山), 방장(方丈), 영주(瀛洲)라는 삼신산에 신선이 살고 있습니다. 청컨대 목욕재계하시고, 어린 남녀 아이를 데리고 신선을 찾게 해주십시오." 라고 했다. 이에 서불**을 보내 어린 남녀 아이 수천 명을 선발하여 바다로 나가 신선을 찾게 했다.*

서불은 방사(方士)로 알려졌다. 방사란 방술(方術)을 연마하는 사람을 말한다. 그렇다면 '방술'은 무엇일까? 『한서(漢書)·예문지(藝文志)』에는 '방술'에 대해 다음과 같이 설명하였다. "방술이란 방기(方技)와 술수(術數)로 나뉘어 있으며, 본디 방술이라는 말은 방과 술을 합쳐 부르는 말다." 방기(方技)에서의 방(方)은 일이나 사물에 대해 정확히 들어맞는 해결책이라는 뜻을 지니며, 여기에는 의술에 관한 처방을 다루는 경방(經方), 성생활에 관한 방중(房中), 불로장생이 되기 위한 방법을 다루는 신선(神仙)이 포함되어 있다. 이처럼 방기는 대체로 생명에 관련되어 있으며, 고대의 의학과 비슷한 역할을 하였다. 술수(術數), 줄여서 술(術)이란 관측을 통한 예측을 기본으로 하는 기술들을 부르는 말로, 여기에는 우주의 구조와 천체의 운동을 연구하는 천문, 시간을 구분하는 체계를 다루는 역법, 우주 만물의 변화를 다섯 가지로 압축하여 설명하는 오행, 『주역』을 사용하여 치는 점과 거북점을 이르는 시귀(蓍龜), 여러 일의 상징을 정리하여 선악(善惡)의 징후를 따지는 잡점(雜占),

수상과 관상 등의 상술(相術)을 포함하는 형법(形法) 등이 해당된다. 그러므로 서불은 자연현상에서 규칙성을 이끌어내고 그러한 규칙에 의해 길흉을 점치기도 하고 또한 불로장생을 추구하는 사람이었던 것이다. 그가 진시황에게 글을 올려 진시황이 그의 말을 믿었을 정도면, 그는 불로장생에 대해 상당한 경지에 이른 사람이었음을 추측해 볼 수 있다.

기원전 218년,

시황이 동쪽에 행차했다. 양무현(陽武縣)의 박랑사(博狼沙)에 이르렀을 때 강도를 만나 놀랐다. (강도를) 잡으려 했으나 잡지 못하자 열흘 동안 대대적인 수색령을 전국에 내렸다.

이 내용이 위에서 언급했던 장량(장자방)의 진시황 암살 시도였다. 어떤 내용인지 간단하게 설명하면 다음과 같다.

"중원을 통일 시킨 진시황은 황권을 강화하기 위해 자주 봉선(封禪)[25]하고 순유(巡遊)[26]했다. 이러한 행동은 한편으로는 그를 암살할 수 있는 기회를 제공하는 것이었다. 기원전 218년, 진시황은 먼 곳의 백성을 순방하고 태산에 올랐으며 동쪽 끝까지 순유했다. 마침내 기회가 온 것이다. 장량은 진시황의 순유 노선을 알아낸 후, 주도면밀하게 계획을 세웠다. 진시황의 수레가 양무현(陽武縣)에 이르렀을 때 장량

---

25) 봉선은 중국 고대 제왕이 하늘로부터 천명을 받았음을 표명하기 위해 거행한 제사로, 태산(泰山) 정상에서 하늘에 제사 지내는 봉(封), 태산 아래 기슭에서 땅에 제사 지내는 선(禪)을 합쳐 이르는 것이다. 봉선과 그 의미에 대해서는 『사기』 권28 「봉선서(封禪書)」에 상세한 내용이 전해지고 있다.

26) 풍광이 뛰어난 여러 곳을 유람하면서 노는 것이다.

은 힘이 무척 센 대력사(大力士)를 양무현의 고박랑사(古博浪沙)에 매복시켰다. 그곳은 걷기가 매우 곤란한 곳이었다. 사구에는 가시나무가 많이 자라고, 들풀도 없고 사람도 없었다. 사구의 낮은 곳은 늪이 이어져 있었다. 사구는 쉽게 숨고 도망칠 수 있었고, 늪에는 갈대가 자라고 있어 더구나 몇 걸음 내에서도 사람의 모습이 보이지 않은 그런 곳이었다. 그래서 장량이 이곳을 택한 이유는 바로 지리적 우세를 이용하기 위해서였다.

천자가육(天子駕六), 황제의 수레는 말 6필이 끈다는 뜻으로, 이것은 중국 고대의 예법이었다. 그래서 장량은 대력사에게 말 6필이 끄는 수레를 공격하도록 했다.

진시황의 수레 대오가 박랑사로 들어왔다. 이때 장량과 대력사는 매우 당황했다. 왜냐하면 모든 수레를 네 마리 말이 끌었기 때문에, 진시황이 어느 수레에 탔는지 알 수가 없었기 때문이었다. 그래서 대력사는 수레 중에서 가장 호화스러운 것을 습격했다. 철추로 내리치자 수레는 박살이 났고, 수레에 탔던 인물은 즉사했다. 하지만 즉사한 인물은 진시황이 아니었다. 장량은 모든 수단을 이용해서 잘 계획했으나 결국 성공하지 못했다. 그는 현장을 벗어나서 겨우 목숨만은 보전할 수 있었다."27)

---

27) 장량(BC?~BC189)은 소하, 한신과 더불어 한나라를 건국한 3걸 중 한 사람이다. 그의 일생은 세 가지로 요약된다. 첫째는 유방을 도와 진나라를 멸망시킨 일, 둘째는 유방을 보좌해 진나라를 멸망시키고 한나라를 건국한 일, 마지막으로 한나라의 기틀을 마련한 일이다. 기원전 206년 진나라가 완전히 멸망하고, 기원전 202년 유방이 한 고조로 즉위했다. 장량이 유방을 도와 한(漢)나라를 건국하는 데 일생을 바친 것은 오직 조국 한(韓)나라를 멸망시킨 진시황제에 대한 복수였다고 봐도 무방하다.
장량의 자는 자방(子房), 시호는 문성(文成)이다. 흔히 모사가, 명참모를 일컫는 '장자방'이라는 말은 바로 장량을 가리키는 말이다. 장량은 천리 밖의 승패도 한눈에 들여다본다는 지략가로 알려져 있다. 한(韓)나라 명문

대력사가 진시황의 수레를 격파하는 모습

진시황은 늘 암살의 위험에 노출되어 있었다. 그럼에도 불구하고 그는 순유를 멈출 수가 없었다. 그것이 곧 황제의 위엄이자 통

가 출신으로, 한나라의 다섯 왕을 모신 재상 집안에서 태어났다. 그의 할아버지 희개지(姬開地)는 소후, 선혜왕, 양애왕 시절에 재상을 지냈고 아버지 장평(張平)은 희왕, 도혜왕 시절에 재상을 역임했다. 이렇듯 명문가에서 태어난 장량에게 한나라를 멸망시킨 진나라는 고국을 멸망시키고 자신의 인생을 망가뜨린 원수였다. 장량은 진나라에 복수하기 위해 시황제가 하남성 원양현(原陽縣) 동남방의 박랑사(博浪沙)를 지날 때 창해역사(倉海力士)를 시켜 시황제를 제거하려고 했다. 그러나 그 뜻을 이루지 못하고, 장량은 이름을 바꾸고 하비(下邳)로 숨어들었다. 이곳에서 그는 황석공(黃石公)이라는 노인에게 전국 시대에 편찬된 무장 선발 시험의 기본 교재 중 하나인 『태공병법』을 배워, 이를 토대로 유방에게 유세를 했고, 항우와 4년간의 치열한 결전을 승리로 이끌었다. 훗날 장량은 다른 사람을 존중할 줄도, 의로운 일에 목숨을 걸거나 죽음을 태연하게 받아들일 줄도 모른데다 참을성까지 없었던 유방을 한나라의 건국자로 만들었다. 뿐만 아니라 장량의 뛰어난 계책과 가르침은 한 고조 유방을 완전한 대륙의 패자로 만들었다. 장량이 한 고조 유방을 돕지 않았다면 중국의 역사상 가장 강대했던 시기 중 하나인 한나라의 시대도 존재하지 않았을 것이다.

일 중국을 안정시키는 역할이라고 생각했기 때문이었다.

기원전 216년,

시황이 함양을 미행하려고 무사 넷과 밤중에 나왔다가 난지(蘭池)에서 도적을 만나서 위험에 처했으나 무사들이 도적을 죽였다. 이 일로 20일 넘게 관중(關中)을 대대적으로 수색했다.

진시황의 목숨을 노리는 수많은 사람들, 이로 인해 진시황은 또 다시 죽음과 가까웠음을 직감하게 되었고 장생불로초에 대한 열망은 더욱 강해져갔다.

기원전 215년,

시황이 갈석산(碣石山)에 가서 연나라 사람 노생(盧生)을 시켜서 선문(羨門)[28]과 고서(高誓[29])를 찾게 했다. 갈석의 문에다 비문을 새겼다. … 이에 한종(韓終), 후공(侯公), 석생(石生)을 시켜 신선의 장생불사약을 구해오도록 했다. 시황이 북쪽 변방을 순시하면서 상군을 지나 돌아왔다. 연나라 사람 노생이 바다에 나갔다가 돌아와서 귀신에 관한 일로 보고했는데 '진을 망하게 할 자는 호(胡)다'[30]라고 쓰여 있는 참

28) 갈석산에 있는 신선을 말한다.

29) 전설 상의 신선을 말한다.

30) 일반적으로 '호(胡)'는 북방의 흉노족을 이르는 말로, 이에 진시황은 '호'가 나라를 위협한다는 말을 듣고 흉노족에 의해 나라가 위험할 것으로 여겨 만리장성을 세웠다. 속설에 따르면 진나라를 망하게 하는 '호'란 진시황의 아들인 호해(胡亥)를 의미하는 것이었다고 한다. 또한 '호'는 '여진족'을 낮잡아 이르는 말이기도 했다. 지금도 호로(여진족 노예, 혹은 북방야만족)라는 욕설로 그 흔적이 남아 있다. 현대 한국어에도 북방 이민족

위서를 올렸다. 시황은 장군 몽염(蒙恬)에게 군사 30만 명을 내서 북방의 '호'를 공격하게 하여 하남 땅을 취했다.

진시황은 장생불로초를 얻기 위해 서불만을 보낸 것은 아니었다. 처음에는 서불을 보냈고, 다음으로 노생, 한종, 후공, 석생으로 하여금 찾도록 했다. 진시황의 선약(仙藥)에 대한 열망과 간절함은 더욱 강렬해졌다.

기원전 213년,

시황이 함양궁에서 술자리를 베풀었다. … 시황이 의논하게 하자 승상 이사가 이렇게 말했다.

"… 신 승상 이사 죽음을 무릅쓰고 아룁니다. 옛날에는 천하가 어지러워 하나로 통일할 수 없었습니다. 그래서 제후들이 서로 일어나 말을 했다 하면 옛날 것으로 지금을 해치고 꾸민 허황된 말로 현실을 어지럽힙니다. 저마다 사사로이 배운 것을 좋다고 하며 나라에서 만든 것을 비방합니다. 이제 황제께서 천하를 아우르시고 흑백을 가려 하나의 존엄함을 정하셨습니다. 사사로이 배운 것으로 서로 법과 교화를 비난하고, 명을 듣고도 각자 배운 것을 가지고 의론하려 합니다. (조정에) 들어와서는 속으로 비방하고, 나가면 골목에서 숙덕거립니다. 군주에게 과시하는 것으로 명성을 구걸하고 이상한 말로 자신을 높이려 하며, 무리들을 몰아 비방을 만들어냅니다. 이런 것들을 금지하지 않으면 위로는 군주의 위세가 떨어지고 아래로는 당파가 형성될 것입

으로부터 들어온 물건에는 '호-'를 붙인 것이 많다. 예를 들면, 호주머니, 호떡, 호두, 후추 등이 그 예이다.

니다. 금지시키는 것이 좋습니다.

신이 청하오니 사관에게 진의 책이 아닌 것은 모두 태우고, 박사관의 것을 제외하고 천하에 감히 보관하고 있는 『시(詩)』, 『서(書)』, 제자백가의 글들은 지방관에게 보내 모두 태우게 하십시오. 또 두 사람 이상이 모여 감히 『시』, 『서』를 이야기하면 저잣거리에서 사형시켜 조리를 돌리고, 옛날을 가지고 지금을 비판하는 자는 멸족시키십시오. 또 이런 자를 보고 알고도 잡아들이지 않는 관리 역시 같은 죄에 처하십시오. 명령이 떨어지고 30일이 지났는데도 서적을 태우지 않는 자는 경형(黥刑)을 가한 다음 장성 쌓는 곳으로 보내십시오. 불태우지 않을 책으로는 의약, 점복, 나무 심는 것에 관계된 서적입니다. 법령을 배우고자 하는 자가 있다면 관리를 스승으로 삼게 하옵소서."

"좋다"는 명령이 내렸다.

이 내용이 그 유명한 분서갱유(焚書坑儒)의 분서(焚書)를 말한다. 위 내용에 따르면, '분서'란 황제의 권한에 도전하는 자들의 입을 막기 위해 내려진 조치였다. 즉, 사람들이 옛 성인들의 말씀을 배우지 못한다면 감히 지금을 비판할 수 없게 되고, 또 그렇게 시간이 지날수록 모든 백성들이 황제의 말에 순응한다는 발상이었다.

기원전 212년,

… 노생(盧生)이 시황에게 이렇게 유세했다.

"신 등이 영지, 선약, 신선을 구하러 다녔으나 늘 만나지 못했습니다. 방해물 같은 것이 있는 것 같습니다. 저희 쪽에서는 주상께서 종종

미행을 나가시어 악귀를 물리치는 것이 좋다고 봅니다. 악귀를 물리치면 진인(眞人)[31]이 올 것입니다. 주상께서 머무르시는 곳을 신하들이 알게 하면 신선의 강림이 방해를 받을 것입니다. 진인은 물에 들어가도 젖지 않으며, 불에 들어가도 타지 않습니다. 구름을 타고 다니며 천지와 더불어 영원히 존재합니다. 지금 주상께서 천하를 다스리시지만 욕심 없는 경지에는 이르지 못하셨습니다. 바라옵건대 주상께서 머무시는 궁을 다른 사람이 알지 못하게 하십시오. 그러면 불사약을 구할 수 있을 것이옵니다."

이에 시황은 "짐이 진인을 흠모해왔다. 이제부터 짐이라 하지 않고 '진인'이라 부르겠다."라고 했다. 바로 명을 내려 함양 부근 200리 안에 있는 궁관 207곳을 구름다리와 회랑으로 연결하고, 휘장, 종, 북, 미인들로 채우되 모두 등록된 각자의 부서에서 함부로 옮기지 못하게 했다. 황제가 행차하여 거처하는 곳을 발설하는 자는 사형에 처했다.

시황제가 양산궁(梁山宮)에 행차했는데, 산 위에서 보니 승상의 마차가 많아 기분이 좋지 않았다. 궁중의 누군가가 승상에게 알리니 승상이 바로 수레를 줄였다. 시황이 노하여 "이는 궁중의 누군가가 내 말을 누설한 것이다"며 심문했으나 자백하는 자가 없자 당시 옆에 있었던 자들을 모조리 잡아 죽이라고 명령했다. 이후 황제가 행차하여 머무는 곳을 알려고 하지 않았다. 정사를 처리하고 신하들이 결정된 일을 수행하는 등 모든 것이 다 함양에서 이루어졌다.

---

31) 도교 용어로, 신 또는 신격화된 인간을 말하며, 13세기 후반 이후 도교 정일파의 우두머리를 가리키는 공식 명칭이 되었다. 도교의 성인 장자는 진인을 세속적인 욕망과 위험을 극복하여 영원불멸을 이룩한 도교의 이상적인 인간이라고 하여, 신인·지인·성인 등과 같은 의미로 사용했다. 다른 철학자들은 진인을 '선'과 비슷하게 사용했다.

후생(侯生)과 노생이 서로 일을 꾸미며 이렇게 말했다.

"시황이란 위인이 천성이 고집이 세고 자기 멋대로이며 남의 말을 듣지 않는다. 제후로 일어나 천하를 합병했으니 무엇이든 하고 싶은 대로 하고 고금을 막론하고 자신을 따를 사람이 없다고 여긴다. 오로지 옥리만을 기용하고 총애한다. 박사가 70명이지만 그저 수만 채우고 쓰질 않는다. 승상과 대신들은 다 된 일만 명령을 받고 모든 것을 주상에 의존하여 처리할 뿐이다. 주상은 형벌과 살육으로 위엄을 세우길 즐기니 천하는 죄를 지을까 겁을 내고 녹봉 지키기에 급급하여 충성을 다하지 않는다.

주상은 자신의 잘못에 대해서는 들으려 하지 않고 날로 교만해지고, 아래는 두려움에 바짝 엎드려 기만하고 비위만 맞추고 있다. 진의 법에 둘 이상의 방술을 겸할 수 없고, 그 방술에 효험이 없으면 바로 죽음이다. 별자리와 기상을 관측하는 자가 300에 이르고 모두 뛰어난 자들인데 겁을 내고 기피하고 아부만 일삼을 뿐 감히 잘못에 대해 직언하지 못한다. 천하의 대소사가 모두 주상에 의해 결정나니 주상은 읽어야 할 문서를 저울로 달아 낮밤없이 살펴야 한다. 양을 채우지 못하면 쉬지도 않는다. 권세를 탐하는 것이 이와 같으니 선약을 구해 주어서는 안 된다."

그러고는 바로 도망쳤다. 시황이 도망 소식을 듣고는 대노하여 이렇게 말했다.

*"내가 전에 천하의 쓸모없는 책들을 거두어 모두 불태우게 하고, 학자와 방사들을 아주 많이 모조리 불러 모아 태평을 이루려 했더니 방사들이 단약을 구워 기이한 약을 만들자고 했다. 지금 듣자하니 한중(韓衆, 한종)은 가더니 소식이 없고, 서불** 등은 거금을 쓰고도 끝내 약*

을 구하지 못했다. 간사한 놈들이 서로 이익을 챙기고 고발한다는 말만 날마다 듣고 있다. 노생 등을 내가 존중해서 잘 대했거늘 지금 나를 비방하며 나의 부덕을 무겁게 하고 있다. 함양에 있는 이런 방사들을 조사해 보았더니 요망한 말로 검수를 어지럽히는 자들도 있었다."

이에 어사에게 이런 부류들을 모조리 심문하게 하니 이자들은 서로를 끌어들이며 고발했다. 이렇게 법을 어긴 자들 460여 명을 골라내서 함양에다 파묻은 다음 천하에 알려서 후세에 경계로 삼게 했다. 또 유배된 자들을 더 징발해서 변경으로 옮겼다. …

진시황이 그토록 믿었던 불로초, 그것을 구해오겠다고 말했던 자들이 모두 도망가 버렸다. 뿐만 아니라 그들은 진시황을 모함하기도 했다. 이 일로 대노한 진시황, 그는 이들을 잡아 산 채로 구덩이에 파묻어버렸다. 이것이 그 유명한 분서갱유(焚書坑儒)의 갱유(坑儒)다. 하지만 여기에 유(儒)는 잘못된 표현이다. 그는 유생(儒生)들을 없앤 것이 아니라 방술(方術)한다고 하는 도생(道生)들을 없애버렸던 것이다.

분서

갱유

기원전 211년,

화성(火星)이 심성(心星)을 침범했다. 유성이 동군에 떨어졌는데 땅에 닿자 돌이 되었다. 검수들 중 누군가가 그 돌에 "시황제가 죽고 땅이 나뉜다."라고 새겼다. 시황이 이를 듣고 어사를 보내 심문하게 했으나 자백하는 자가 없자 돌을 주운 주변 사람들을 모두 죽이고 돌은 불태웠다. 시황이 기분이 좋지 않아 박사에게 '선진인시(仙眞人詩)'를 짓게 하여 천하를 순시하며 가는 곳마다 악사들에게 연주하고 노래하게 했다.…

유성이 떨어짐은 곧 진시황의 죽음을 암시했다. 그는 불길한 예감이 들었다. 갑자기 불로초를 찾으러 떠났던 서불이 돌아오기를 학수고대했다. 제발 그가 불로초를 캐서 돌아온다면…. 하지만 천운은 그의 편이 아니었다. 다음해(기원전 210년) 진시황은 세상을 떠났다.

기원전 210년,

… 시황이 순시를 나섰다. … 운몽(雲夢)에 이르러 구의산(九疑山)에서 우(虞, 요), 순(舜)에 제사를 드렸다. … 회계산(會稽山)에 올라 대우(大禹)에게 제사를 드리고 남해를 바라보며 비석을 세워 진의 공덕을 칭송했다. … 돌아올 때는 오현(吳縣)을 지나 강승(江乘)에서 강을 건넜다. 이어 해안을 따라 북쪽 낭야에 이르렀다.

*방사 서불** 등은 바다로 가서 선약을 구하길 몇 해가 지나도록 구하지 못하고 비용만 허비하자 문책 받을 것을 두려워해 거짓으로 "봉래의 선약은 구할 수는 있으나 커다란 상어 때문에 늘 어려움을 당하다*

보니 갈 수가 없었던 것입니다. 원하옵건대 활 잘 쏘는 사람을 함께 보내 상어를 보는 즉시 연속 발사되는 석궁을 쏘면 됩니다."라고 했다.

시황이 해신과 싸우는 꿈을 꾸었는데 마치 사람 모양이었다. 꿈을 해몽하는 자에게 물으니 박사가 "수신(水神)은 볼 수 없지만 큰물고기나 교룡(蛟龍)으로 징후를 나타냅니다. 지금 주상께서 모든 것을 제대로 갖추어 제사를 올렸음에도 이런 악한 신이 나타났으니 없애야 선한 신이 이를 수 있습니다"라고 했다.

이에 바다로 나가는 자들에게 큰물고기를 잡는 기구를 가지고 가게하고, 몸소 석궁을 들고 대어를 쏘기 위해 기다렸다. 낭야를 따라 북으로 영성산(榮成山)까지 갔지만 큰물고기는 보이지 않았다. 지부에 이르자 거대한 물고기가 보여 쏘아 한 마리를 죽이고 마침내 바다를 따라 서쪽으로 갔다.

(진시황이) 평원진(平原津)에 이르렀을 때 병이 났다. 시황은 죽음이란 말을 싫어해서 신하들도 감히 죽음을 입에 올리지 못했다. 주상이 병이 점점 심해지자 공자 부소에게 보내는 편지를 써서 "돌아와서 장례를 치르고 함양에 안장하라"라 한 뒤 봉인하고 옥새와 부절을 관장하는 중거부령 조고에게 보관하게 하고는 사신에게 넘기지 않았다.
7월, 시황이 사구(沙丘) 평대(平臺)에서 세상을 떠났다. 승상 이사는 주상이 바깥에서 세상을 떠났기 때문에 모든 공자와 천하가 변란을 일으킬까 두려워 이를 비밀에 붙이고 상을 알리지 않았다. 관을 온량거(轀涼車)에 싣고 전부터 총애를 받아온 환관을 수레에 태워 가는 곳마다 식사를 올리게 했다. 백관들도 전과 같이 보고를 올리게 했는데 환관이 온량거 안에서 보고된 일을 바로 바로 처리했다. 오직 호해와 조고 및 총애 받던 환관 5,6명만 주상의 죽음을 알고 있었을 뿐이다. 조고는 전에 호해에게 글과 법률 등을 가르친 바 있어 호해가

개인적으로 조고를 좋아했다.

조고는 공자 호해, 승상 이사와 음모를 꾸며, 시황이 공자 부소에게 보낸 편지를 뜯고 이를 승상 이사가 사구에서 시황의 유언을 받은 것처럼 가짜를 만들어 호해를 태자로 세웠다. 이와 함께 공자 부소와 몽염에게 보내는 편지도 만들어서 죄목을 지적하며 죽음을 내렸다. 이 일은 「이사열전(李斯列傳)」에 갖추어져 있다. 일행이 마침내 정경(井陘)을 지나 구원(久原)에 이를 무렵 때는 여름이라 주상의 온량거에서 (시체가 썩는) 냄새가 났다. 이에 시종관들에게 말린 고기 1석을 채워 그 냄새를 구분 못하게 했다.

일행은 직도를 따라 함양에 도착한 뒤 상을 알렸다. 태자 호해가 제위를 이어받아 2세 황제가 되었다. 9월, 시황을 여산(酈山)에 안장했다.

시황이 즉위하자 바로 여산에 무덤을 축조하는 공사를 시작했다. 천하를 합병한 다음에는 천하에 노역을 위해 70여 만 명을 투입하여 우물 셋 깊이만큼 파고 곽에 이르도록 구리 녹인 쇳물을 붓고 궁궐의 모습, 백관 기이하고 진귀한 기물들을 옮겨 가득 채웠다. 장인에게는 화살이 발사되는 기관을 만들게 하여 접근하는 자가 있으면 바로 발사되게 했다. 수은으로는 수많은 하천과 강 그리고 바다를 만들어 기계 장치로 계속 흐르도록 했다. 위에는 천문도를 갖추고 바닥에는 지도를 갖추었다. 인어 기름으로 초를 만들어 오래도록 꺼지지 않게 했다. 2세는 "선제의 후궁 가운데 자식이 없는 자들은 내보내는 것은 옳지 않다"며 모두 따라 죽게 명령하니 죽은 자가 아주 많았다. 장례가 끝나자 누군가 장인들이 기관을 만들고 기물을 옮긴 자들도 이를 다 알고 있으니 귀한 기물들이 빠져 나갈 수 있다고 했다. 큰일이 끝나고 기물들을 다 넣자 가운데 문을 폐쇄하고 바깥문도 내려 장인과 기물을 운반한 자들을 모두 나오지 못하게 했다. (무덤은) 풀과 나무를 심

어 산처럼 만들었다.

진시황병마용

진시황묘 내부

죽음, 생명이 있는 것이라면 그 어떤 것이나 피할 수 없는 일이었지만 진시황은 그러한 사실을 믿고 싶지 않았다. 그는 두려움이 클수록 서불을 그리워했다. 애가 닳도록 그리워했던 서불을 10년 만에 만났지만, 그의 손에 장생불로초가 없음을 알고는 크게 낙담했다. 하지만 삶에 대한 희망의 끈을 놓지 않고 오히려 서불의 거짓된 보고를 그대로 믿고 실천에 옮기면서까지 죽음에 대한 공포를 물리쳤으나 죽음을 피할 수는 없었다. 파란만장한 삶을 살았던, 최초로 중국 중원을 통일시킨, 흉노족의 침입을 막기 위해 만리장성을 쌓았던, 만년동안 살기 위해 크나큰 지하 세계(무덤)를 만들었던 그는 50세의 나이로 눈을 감았다.

지금까지 『사기·진시황본기』에 등장하는 '서불'과 관련된 내용을 살펴봤다. 하지만 내용은 지극히 짧다. 여기 다시 옮겨보면,

기원전 219년,

*일이 끝나자 제나라 사람 서불(徐市)** 등이 글을 올려 "바다에 봉래(蓬山), 방장(方丈), 영주(瀛洲)라는 삼신산에 신선이 살고 있습니다. 청컨대 목욕재계하시고, 어린 남녀 아이를 데리고 신선을 찾게 해주십시오."라고 했다. 이에 서불**을 보내 어린 남녀 아이 수천 명을 선발하여 바다로 나가 신선을 찾게 했다.*

기원전 212년,

시황이 도망 소식을 듣고는 대노하여 이렇게 말했다.

*"내가 전에 천하의 쓸모없는 책들을 거두어 모두 불태우게 하고, 학자와 방사들을 아주 많이 모조리 불러 모아 태평을 이루려 했더니 방사들이 단약을 구워 기이한 약을 만들자고 했다. 지금 듣자하니 한중(韓衆, 한종)은 가더니 소식이 없고, 서불** 등은 거금을 쓰고도 끝내 약을 구하지 못했다. 간사한 놈들이 서로 이익을 챙기고 고발한다는 말만 날마다 듣고 있다. 노생 등을 내가 존중해서 잘 대했거늘 지금 나를 비방하며 나의 부덕을 무겁게 하고 있다. 함양에 있는 이런 방사들을 조사해 보았더니 요망한 말로 검수를 어지럽히는 자들도 있었다."*

기원전 210년,

*돌아올 때는 오현(吳縣)을 지나 강승(江乘)에서 강을 건넜다. 이어 해안을 따라 북쪽 낭야에 이르렀다. 방사 서불** 등은 바다로 가서 선약을 구하길 몇 해가 지나도록 구하지 못하고 비용만 허비하자 문책받을 것을 두려워해 거짓으로 "봉래의 선약은 구할 수는 있으나 커다란 상어 때문에 늘 어려움을 당하다보니 갈 수가 없었던 것입니다. 원하옵건대 활 잘 쏘는 사람을 함께 보내 상어를 보는 즉시 연속 발사되는 석궁을 쏘면 됩니다."라고 했다.*

여하튼 위 내용에 따르면, 서불은 기원전 219년, 한 차례 바다를 건넜다는 점만 확실할 뿐이다. 그리고 10년이 지나(기원전 210년) 진시황 곁으로 돌아온 후에는 그가 어떻게 되었는지 아무도 모른다. 『사기·진시황본기』를 통해 서불에 대해 알 수 있는 내용은 여기까지다. 그는 어떻게 되었을까? 그에 관한 기록은 더 이상 없을까?

서복에게 명령을 내리는 진시황

동쪽으로 떠나는 서복

2-3. 전설이 된 서복

다행스럽게도 서복에 대한 내용은 『사기·진시황본기』 뿐만 아니라 『사기·회남형산열전(淮南衡山列傳)』에도 들어있다. 여기서 잠시 『사기』의 내용에 대해 살펴보자.

『사기』는 「본기(本紀)」, 「표(表)」, 「서(書)」, 「세가(世家)」, 「열전(列傳)」으로 구성되어 있다. 흩어진 천하의 옛 이야기들을 망라하되, 왕들이 일어난 그 처음과 끝을 탐구하고 그 흥망성쇠를 관찰하며 사실 진행에 따라 고증해 간략히 삼대(하나라, 상나라, 주나라)의 사실을 추구하고 진나라와 한나라의 사실을 기록했는데, 위로는 황제(黃帝) 헌원(軒轅)으로부터 아래로는 지금에 이르기까지(한나라 무제) 왕들에 관한 내용을 12편으로 나눠 각 조목별로 「본기」에 설명했다. 그러므로 「본기」는 왕들에 관한 이야기다. 사적에는 시대가 같은 것도 있고 다른 것도 있어 연대의 차이가 분명하지 않으므로 도표와 연표 형식으로 사건을 기록했는데, 이를 「표」라 하며 10편을 지었다. 그리고 예악의 증감, 법률과 역법의 개정, 병권, 산천, 귀신, 하늘과 인간의 관계, 시대와 세상에 따라 변화하는 것에 대한 내용을 일목요연하게 기술했는데 이를 「서」라 하며 8편을 지었다. 별자리 28수가 북극성을 중심으로 돌고 있고, 30개의 바퀴살이 모두 하나의 바퀴통에 집중되어 있어 끝없이 돌고 도는 것처럼, 천자를 보필하는 신하들을 이에 비유해 그들이 충신의 도리로서 천자를 받드는 모습을 내용으로 「세가」 30편을 지었으며, 의로움을 따르고 재능이 빼어나, 때를 놓치지 않고 천하에 공명을 떨친 사람들의 일들을 내용으로 「열전」 70편을 지었다. 그래서 『사기』에는 총 130편이 실려 있다.

70편의 「열전」에는 수많은 내용이 실려 있다. 예를 들면, 「조선열전(朝鮮列傳)」에는 '위만조선'의 내용이 실려 있고, 「맹자순경열전(孟子荀卿列傳)」에는 유가의 맹자, 순자를 비롯하여 음양가의 추연, 명가의 순우곤, 신도, 환연, 접자, 전병, 추석, 공손룡, 묵가의 묵자 등 전국시대 제자백가의 일대기 내용이 실려 있으며, 「자객열전(刺客列傳)」에는 모두 다섯 명(조말, 전저, 예양, 섭정, 형가)에 대한 내용이 들어 있다. 여기에서 살펴볼 내용은 70편의 「열전」 가운데 '서복'[32]의 내용이 기술된 「회남형산열전」이다. 사마천은

---

32) 사마천은 『사기·진시황본기』에서는 '서불'이란 명칭을 사용했고, 『사기·회남형산열전』에서는 '서복'이란 명칭을 사용했다. 그는 『사기』라는 같은 책임에도 불구하고 '서불'에서 '서복'으로 명칭을 달리한 데에는 분명 이유가 있을 것이다. 필자는 사마천은 아마도 역모하여 '왕'이 된 그를 흠모하는 마음으로, 그곳에서 모든 백성들에게 '복'을 베풀라는 마음으로 이렇게

어째서 여기에 서복의 내용을 기록했을까?

「회남형산열전」은 한고조의 서자인 회남여왕 유장과 유장의 장남 회남왕 유안, 삼남 형산왕 유사의 전기다. 겉보기에는 평범한 황족처럼 보여 이들을 열전에 올릴 까닭이 있나 싶지만, 세 사람 모두 각기 다른 '역모' 사건으로 주살되었는데 이들에 대한 내용이다. 역모! 사마천은 10년 간 어디서 무엇을 했는지 모르는 서복을 '역모'로 규정하여, 그에 관한 내용을 다시 「회남형산열전」에 기록했던 것이다.

서복이 바다에서 돌아왔는데, 어떤 것도 구하지 못했다. 어쩔 수 없이 진시황을 속이기 위해 황당무계한 말을 지어냈다. "신은 바다의 큰 신을 알현했습니다. 그러자 해신(海神)께서 '너는 서쪽 황제(진시황을 말함)의 사신인가?'라고 묻자, 저는 '그렇습니다.'라고 대답했습니다. 해신께서는 계속해서 '너는 어째서 왔는가?'라고 물으니, 저는 '장수할 수 있는 약을 얻기 위해서입니다.'라고 답했습니다. 해신께서는 계속해서 '너희들 황제(진시황)의 선물이 보잘 것 없구나. 내가 너에게 보여주기만 할 뿐 너는 가져갈 수 없다.'라고 했습니다. 그 즉시 해신께서는 저를 동남쪽에 있는 봉래산까지 데리고 갔습니다. 저는 그곳에서 봉래산의 지기(芝奇. 신비스러운 영지버섯) 궁궐을 보게 되었습니다. 그곳에는 구릿빛 안색과 용 모양의 사자가 거주하고 있었습니다. 그의 머리는 노을빛이 밝게 빛났습니다. 그래서 저는 재배하며 '해신께 어떤 선물을 바쳐야만 선약(仙藥)을 얻을 수 있습니까?'라고 물었습니다. 그러자 해신께서 저에게 '동남동녀 3000명과 다양한 장인들을 데

이름을 달리했을 것이라고 여겨지지만, 어째서 이렇게 이름을 달리 했는지 현재로써는 불분명하기 때문에 이에 대해서는 앞으로 더 많은 논의가 필요하다고 사료된다.

리고 오면 선약을 주겠다.'라고 대답해 주었습니다."

서복의 말을 들은 진시황은 매우 기뻐했다. 그리고 서복의 요구에 따라서 동남동녀 3000명과 다양한 장인들을 모아 그에게 주었다. 뿐만 아니라 서복을 위해 많은 곡식을 준비해주었다. 서복은 평원광택(平原廣澤)에 도착해서 그곳에서 왕이 되어 돌아오지 않았다.[33]

『사기·진시황본기』에 따르면, 서불은 기원전 219년에 불로초를 찾기 위해 수천 명의 사람들과 함께 떠났다. 그리고 기원전 210년에 기술된 내용을 근거로 유추해보면, 그는 어떤 것도 찾지 못한 채 그와 함께 떠났던 사람들과 같이 돌아왔다. 진시황이 그토록 갈망했던 불로초를 구하지 못한 그는 어떻게 되었을까? 『사기·회남형산열전』에 따르면, 기원전 210년 그는 다시 불로초를 구하기 위해 동남동녀 3000명과 수많은 장인들과 함께 떠났고 마침내 '평원광택'에 도착해서 왕이 되었다.

서복이 도착한 '평원광택'을 고유명사로 볼 수도 있고, 커다란 호수가 있는 넓은 평원으로 해석할 수도 있다. 『한서(漢書)』에서는 '평원광택' 대신 '평원대택(平原大澤)'으로 한 점으로 미루어, '평원광택'은 고유명사가 아니라 커다란 호수가 있는 넓은 평원으로 해석해야 할 것이다. 잠시 『한서(漢書)』에 실린 서복 관련 내용을 보자.

---

33) 『사기·회남형산열전』: 又使徐福入海求神異物，還爲僞辭曰：'臣見海中大神，言曰："汝西皇之使邪？"臣答曰："然。""汝何求？"曰："原請延年益壽藥。"神曰："汝秦王之禮薄，得觀而不得取。"即從臣東南至蓬萊山，見芝成宮闕，有使者銅色而龍形，光上照天。於是臣再拜問曰："宜何資以獻？"海神曰："以令名男子若振女與百工之事，即得之矣。"'秦皇帝大說，遣振男女三千人，資之五穀種種百工而行。徐福得平原廣澤，止王不來。

… 또다시 서복을 파견하여 바다로 나가서 선약(仙藥)을 구하게 했다. (그가 떠날 때) 많은 보재와 재물뿐만 아니라 동남동녀 3000명, 오곡의 종자와 수많은 기술자들이 함께 했다. 서복은 '평원대택'을 얻어, 그곳에서 왕이 되어 다시는 돌아오지 않았다.[34)]

분명한 것은 그가 어느 곳인지는 확실치 않지만, 그곳에 정착해서 왕이 되었다는 것이다. 왕이 되었다는 것 자체가 '역모'다. 그는 '어디에서' 왕이 되었을까? 그곳은 어디일까? 그리고 『사기·진시황본기』의 내용에서 언급한 봉래(蓬萊), 방장(方丈), 영주(瀛洲)라는 삼신산은 또 어디인가? 서복에 관한 전설의 시작은 여기에서부터다.

동해에 있는 어딘가에 도착한 서복

34) 『한서』: "又使徐福入海求仙藥, 多齎珍寶, 童男女三千人, 五種百工而行. 徐福得平原大澤, 止王不來"

서복이 불로초를 찾아 떠난 지 100여년 후, 사마천은 처음으로 이 이야기를 기록했다. 서복은 진시황을 속이고자 했을까? 단지 살기 위해서 속였을까? 아니면 사마천이 말한 대로 '역모'하여 '왕'이 되기 위함이었을까? 100여 년이 지난 후라면, 서복이 도착했다는 곳을 알 수도 있었을 텐데 어째서 '평원광택'이라고 했던 것일까? '분서갱유'가 발생한 후, 누구도 신선에 대한 내용을 감히 언급조차 할 수 없었을 것이다. 그래서 서복이 도착한 곳은 비밀이었는지도 모른다. 그 비밀로 인해 서복의 이야기는 차츰 전설로 변해갔고 마침내 신화가 되었다.

2-4. 신선이 된 서복

전설이 된 서복은 후에 득도(得道)하여 신선이 되었다. 이 이야기는 『태평광기(太平廣記)』 제4권 신선(神仙)편 여섯 번째 서복(徐福)편에 실린 내용이다. 이 책은 송(宋)나라 태종(太宗)의 칙명으로 977년에 편집된 500권의 설화집으로, 태평흥국(太平興國) 3년(978)에 원고를 완성하였다고 하여 "태평광기"라는 제명(題名)이 되었다. 당시의 유명한 학자 이방(李昉)을 필두로 12명의 학자와 문인이 편집에 종사하여, 종교관계의 이야기와 정통역사에 실리지 않은 기록 및 소설류를 모은 것으로, 475종의 고서에서 골라낸 이야기를 신선·여선(女仙)·도술·방사 등의 내용별로 92개의 항목으로 나누어 수록하였다. 국내에서도 고려 고종 때 이미 전파되어 여러 유생들 사이에 애독되었고, 조선 초기에는 한글로 번역한 언해본 『태평광기』도 간행할 정도였다. 이 책의 특이한 점은 매 작품마다 수집한 출처를 밝히고 있어서, 유실된 고서(古書)를 살펴볼 수 있는 점이라고 하겠다. 이제부터 『태평광기·서복』 편을 살펴보자.

서복은, 자(字)가 군방(君房)이며, 어느 곳 사람인지 알 수 없다. 진시황 때, 대완국(大宛國)에서 억울하게 죽은 사람들이 길가에 나뒹굴어 있었는데, 까마귀가 여러 차례 풀을 물고 와서, 죽은 사람의 얼굴에 덮으면, 모두 곧바로 살아났다. 관리가 이 사실을 진시황에게 알리자, 진시황은 사신을 보내어 그 풀을 가져가서, 북곽(北郭)의 귀곡선생(鬼谷先生)에게 묻도록 하였다. 그러자 귀곡선생이 말했다.

"이 풀은 동해에 있는 조주(祖洲)에서 자라는 불사초(不死草)입니다. 경전(瓊田)에서 자라는데, 양신지(養神芝)라고도 부릅니다. 그 잎사귀는 줄풀과 비슷한데, 무리를 지어 자라지 않으며, 한 포기 만으로도 1천 명은 살려낼 수 있습니다."

진시황은 그 풀을 찾아낼 수 있다고 생각하고, 서복과 동남동녀 3천 명을 다락배인 누선(樓船)에 태워 바다로 보냈다.

그러나 조주(祖洲)를 찾아 떠난 뒤 돌아오지 않았고, 나중에는 그가 간 곳을 알 수가 없었다. 그 뒤에 심희(沈羲)가 도를 깨우치게 되자, 황제(黃帝)와 노자(老子)는 서복을 사신으로 보냈다. 서복은 흰 범이 모는 수레를 타고, 도세군(度世君) 사마생(司馬生)은 용의 수레를 타고, 시랑(侍郎) 부연(薄延)은 흰 사슴 수레를 타고, 함께 내려가 심희(沈羲)를 맞이하여 하늘로 갔다. 이때부터 후인들은 서복이 득도해서 신선이 된 것을 알게 되었다.

또한 당나라 개원 연간에, 한 선비가 반신(半身)이 마르고 검게 변하는 병을 앓았는데, 어의(御醫) 장상용(張尙容) 등도 그 치료법을 알지 못했다. 그 사람이 가족들을 모아 놓고 말했다. "내 형색이 이와도 같

으니, 어찌 오래 살겠는가? 듣건대, 동해에 신선이 사는데, 바로 신선의 비방을 구해서 얻어야만, 이 병에서 쾌유될 수 있을 것이다."

집안사람들은 그를 말릴 수가 없어서, 이로 인하여 시종을 딸려 보내기로 하였다. 양식을 가지고 등주(登州)의 바닷가로 갔는데, 그곳에서 빈 배를 발견하여, 그 배에 짐을 싣고, 돛을 달아 바람을 따라가니, 10여일 뒤에, 한 섬에 접근하게 되었다.

그 섬에는 수백 명이 있었는데, 마치 한 사람에게 배알하고 있는 것 같았다. 잠시 후에 해변에 닿아, 바닷가에서 약초를 씻고 있는 한 부인을 만났다. 그들이 어떤 사람인지 묻자, 부인은 손가락으로 가리키며 말했다. "가운데 평상에 앉아 있는, 머리와 수염이 흰 사람이, 서군(徐君. 서복)입니다." 또 서군(徐君)이 누구인가를 묻자, 부인이 말했다. "당신은 진시황 때의 서복을 아십니까?" 대답하길, "알고 있습니다." "이 사람이 바로 그 사람입니다."

잠시 후에, 사람들이 흩어지자, 선비는 바닷가에 올라 서복을 배알하고, 일의 전말을 모두 이야기 한 뒤, 그 약으로 치료해 줄 것을 청했다. 서군(徐君)이 말하길, "그대의 병은, 나를 만났으니 곧 나을 것이오."

처음에는 맛있는 밥을 그에게 먹였는데, 그 그릇이 모두 이상하게도 작아서, 선비는 양이 적다고 싫어하였다. 서복이 말했다. "이것을 다 먹으면, 다시 또 줄 것이오. 하지만 아마도 다 먹지는 못할 것이오." 선비는 연이어 삼켰는데, 마치 여러 그릇을 먹은 듯이 배가 불러 왔다. 그런데 마신 것도 역시 작은 그릇에 담겨진 술이었지만, 그것을 마시자 곧 취해 버렸다. 다음날, 서복은 선비에게 검은 알약 여러 개를 먹였는데, 그가 약을 다 먹자, 검은 색의 물 같은 설사를 여러 되를 하고, 이내 곧 병이 나았다.

선비가 남아서 서복을 섬길 것을 청하자, 서복이 말했다. "그대는 관직이 있어서, 당장은 이곳에 남는 것이 적절치 않소. 동풍이 불도록 하여 그대를 보내줄 것이니, 돌아갈 길이 먼 것은 걱정하지 마시오." 또 황색의 약 한 자루를 주면서, 말했다. "이 약은 모든 병에 잘 듣소. 돌아가서 아픈 사람을 만나면, 칼처럼 생긴 약숟가락인 도규(刀圭)로 조금만 베어 먹이시오."

선비가 귀환 길에 오르자, 며칠 만에 등주에 도착했다. 그 약을 임금에게 헌상하고 그 일을 아뢰었는데, 당시에 현종이 병이 있는 사람에게 복용시켜 보니, 모두 다 쾌유되었다. 출전 『선전습유(仙傳拾遺)』 및 『광이기(廣異記)』)[35]

진시황 때 사라진 서복, 그는 어디로 떠났는지 아무도 모른다.

---

35) 『태평광기·서복』편: 徐福, 字君房, 不知何許人也. 秦始皇時, 大宛中多枉死者橫道, 數有烏銜草, 覆死人面, 皆登時活. 有司奏聞始皇, 始皇使使者齎此草, 以問北郭鬼谷先生. 云: "是東海中祖洲上不死之草. 生瓊田中, 一名養神芝. 其葉似菰, 生不叢, 一株可活千人." 始皇於是謂可索得, 因遣福及童男童女各三千人, 乘樓船入海. 尋祖洲不返, 後不知所之. 逮沈羲得道, 黃老遣福爲使者, 乘白虎車, 度世君司馬生乘龍車, 侍郞薄延之乘白鹿車, 俱來迎羲而去. 由是後人知福得道矣.
又唐開元中, 有士人患半身枯黑, 御醫張尙容等不能知. 其人聚族言曰: "形體如是, 寧可久耶? 聞大海中有神仙, 正當求仙方, 可愈此疾." 宗族留之不可, 因與侍者, 齎糧至登州大海側, 遇空舟. 乃賫所携, 掛帆隨風, 可行十餘日, 近一孤島. 島上有數百人, 如朝謁狀. 須臾至岸, 岸側有婦人洗藥. 因問彼皆何者, 婦人指云: "中心牀坐, 須鬚白者, 徐君也." 又問徐君是誰, 婦人云: "君知秦始皇時徐福耶?" 曰: "知之." "此則是也." 頃之, 衆各散去, 某遂登岸致謁, 具語始末, 求其醫理. 徐君曰: "汝之疾, 遇我卽生." 初以美飯哺之, 器物皆奇小, 某嫌其薄. 君云: "能盡此, 爲再饗也, 但恐不盡爾." 某連啖之, 如數甌物致飽. 而飮亦以一小器盛酒, 飮之致醉. 翌日, 以黑藥數丸令食. 食訖, 痢黑汁數升, 其疾乃愈. 某求住奉事, 徐君云: "爾有祿位, 未宜卽留. 當以東風相送, 無愁歸路遙也." 復與黃藥一袋, 云: "此藥善治一切病, 還遇疾者, 可以刀圭飮之." 某還, 數日至登州. 以藥奏聞, 時玄宗令有疾者服之, 皆愈. (出『仙傳拾遺』及『廣異記』)

하지만 위 내용에 따르면 서복은 조주(祖洲)로 떠났음을 알 수 있다. 그렇다면 조주는 어디일까? 조주에 대한 내용은 한(漢)나라 동방삭(東方朔)이 편찬한 『해내십주기(海內十洲記)』에 실려 있지만 구체적인 장소를 언급하지는 않았다. 다음은 조주에 대한 내용이다.

조주는 동해 가까운 곳에 위치한다. 그곳은 사방 오백리에 달하고, 서쪽 연안으로 가면 칠만 리다. 그곳에는 불사초(不死草)가 있는데, 풀 모양이 줄풀처럼 자라 서너 척이니 사람이 죽은 지 삼일 된 자는 풀로 덮으면 모두 그 자리에서 살아나게 할 뿐만 아니라, 그것을 복용하면 장생하게 된다. 옛날 진시황 시절에 대완국에서 억울하게 죽은 사람들이 길가에 뒹굴었는데, 까마귀 같은 새가 이 풀을 물고 와서 죽은 사람의 얼굴에 덮었더니 그 자리에서 일어나 앉아 살아났다. 관리가 이 사실을 듣고서 진시황께 아뢰니, 시황제는 사자를 파견하여 북곽에 있는 귀곡선생에게 묻도록 했다. 그러자 귀곡선생이 말하길, "이 풀은 동해에 있는 조주(祖洲)에서 자라는 불사초(不死草)입니다. 경전(瓊田)에서 자라는데, 양신지(養神芝)라고도 부릅니다. 그 잎사귀는 줄풀과 비슷한데, 무리를 지어 자라지 않으며, 한 포기 만으로도 1천 명은 살려낼 수 있습니다."

서복이 도착한 곳은 조주 이외에도 '단주(亶洲)'라는 곳도 등장한다. 이 내용은 『삼국지·오서·오주전』에 나온다.

황룡 2년(230) 봄 정월, 위나라는 합비신성을 지었다. 조서를 내려 도강제주를 세워 여러 아들이 교육을 받도록 하였다. 장군 위온과 제갈직을 보내 무장 사병 1만 명을 이끌고 바다를 건너 이주와 단주를 구원하였다. 단주는 바다 가운데 있으며, 노인들이 전하는 말에, 진시황제가 방사 서복을 보내 어린 소년과 소녀 수천 명을 이끌고 바다로

들어가 봉래의 신산과 선약을 구하도록 하였으나, 이 고을에 멈추어 돌아가지 않았다고 하였다. 그 자손들이 대를 이어 수만 가구가 되었고, 그곳 사람들은 때때로 회계로 와서 옷감을 사곤 하였으며, 회계 동쪽 현 사람들이 바닷길을 가다가 또 태풍을 만나면 표류하여 단주에 이르는 자도 있었다. 그곳은 너무 멀어서 끝내 도달할 수가 없었다. 다만 이주의 수천 명만 이끌고 돌아왔다.[36]

단주가 어디인지는 불분명하다. 단지 서복이 도착했다는 곳의 지명이었으리라는 점만 확인할 수 있다.

서복은 어디로 떠났는지, 살았는지 죽었는지 지금까지의 자료를 토대로 논하는 것은 불가능하다. 그래서 그의 이야기는 전설이 되었고, 1000여 년이 흘러 신선이 되었다. 그로부터 다시 1000여 년이 흘러 전설이 되었던 서복이 다시 역사적 인물로 되살아나고 있다. 어떻게 된 일인지, 그 시작은 어디에서부터인지에 대해 그 근본 원인에 대해 하나씩 추적해보자.

---

36) 『삼국지(三國志)·오서(吳書)·오주전(吳主傳)』: 黃龍二年(230년)春正月, 魏作合肥新城. 詔立都講祭酒, 以教學諸子. 遣將軍衛溫, 諸葛直將甲士萬人浮海求夷洲及亶洲. 亶洲在海中, 長老傳言秦始皇帝遣方士徐福將童男童女數千人入海, 求蓬萊神山及仙藥, 止此洲不還. 世相承有數萬家, 其上人民, 時有至會稽貨布, 會稽東縣人海行, 亦有遭風流移至亶洲者. 所在絕遠, 卒不可得至, 但得夷洲數千人還.

신선이 된 서복

제3장

서복동도, 역사적 사실일까 전설일까?

진시황의 사자 서복, 역사인가 전설인가

제3장

서복동도, 역사적 사실일까 아니면 전설일까?

서복동도, 서복이 바다를 건너 동쪽으로 가다. 다시 『사기』의 내용을 살펴보자. 여기에는 중요한 정보가 숨겨져 있기 때문이다.

『사기·진시황본기』, 기원전 219년,

일이 끝나자 제나라 사람 서불(徐市) 등이 글을 올려 "바다에 봉래(蓬山), 방장(方丈), 영주(瀛洲)라는 삼신산에 신선이 살고 있습니다. 청컨대 목욕재계하시고, 어린 남녀 아이를 데리고 신선을 찾게 해주십시오."라고 했다. 이에 서불을 보내 어린 남녀 아이 수천 명을 선발하여 바다로 나가 신선을 찾게 했다.

『사기·회남형산열전』

… 그러자 해신께서 저에게 '동남동녀 3000명과 다양한 장인들을 데리고 오면 선약을 주겠다.'라고 대답해 주었습니다."

서복의 말을 들은 진시황은 매우 기뻐했다. 그리고 서불의 요구에 따라서 동남동녀 3000명과 다양한 장인들을 모아 서불에게 주었다. 뿐

만 아니라 서불을 위해 많은 곡식을 준비해주었다. 서복은 평원광택(平原廣澤)에 도착해서 그곳에서 왕이 되어 돌아오지 않았다.

『사기·진시황본기』에 따르면, 서복이 처음 동쪽으로 떠날 때 이미 수많은 젊은이들과 함께 떠났다. 그가 떠난 지 8년째 되던 해에 갱유(坑儒)사건이 발생했다. 그는 이 소식을 전해 들었을 것이고 진시황의 화가 자신에게까지 미칠까 두려운 나머지 2년 후에 스스로 돌아왔다. 그리고 불로초를 구하지 못한 이유를 거짓으로 꾸며냈으나 삶에 대한 욕망이 강했던 진시황은 그 말을 사실처럼 믿고 서복이 말한 대로 시행했다. 그렇지만 진시황은 죽음을 피할 수는 없었다. 당시 상황 하에서 서복은 어떻게 되었을까? 『사기·회남형산열전』에 따르면, 서복은 진시황이 죽기 직전에 바다로 떠나 죽음을 피할 수 있었다. 뿐만 아니라 그는 동쪽으로 떠날 때 수많은 젊은이들과 다양한 장인들뿐만 아니라 많은 곡식들을 가지고 '평원광택'37)에 가서 왕이 되었다.

위 내용을 토대로 상상해보자. 그의 곁에는 상당수의 사람들과 기술자들 그리고 호위대들이 있었고, 각종 식량 및 곡식 종자도 있었다. 기원전 210년 경, 이 정도의 사람들과 식량이 있었다면 그의 위상은 이루 말할 수 없이 높았을 것이다. 게다가 그들은 이미 철기로 무장한 상태였다. 그들이 만일 동쪽으로 갔다면 그곳에 위치한 부족국가와 힘을 견준다 해도 전혀 손색이 없었을 것이다. 뿐만 아니라 그들의 위용에 대한 소문은 삽시간에 퍼져나갔을 것이며, 그가 하는 모든 행동 하나하나가 진나라 황실에도 전달되었을

---

37) 『한서(漢書)·형오강식부전(荊伍江息夫傳)』에서는 '평원광택'을 '평원대택(平原大澤)'으로 바뀌었을 뿐 내용은 동일하다.

것이다. 그는 비록 몸은 진시황을 떠났다 하더라도 그의 행동반경은 진시황의 통제 하에서 벗어날 수 없었을 것이다.

서복, 그는 방사(方士)였다. 천문을 포함한 자연현상과 지리를 포함한 인간세상의 이치를 깨달은 자였다. 진시황의 운명과 진나라의 운명 그리고 자신의 운명까지도 예견하는 능력을 지닌 자였다. 그는 자신의 미래를 예견하여 하나의 부족국가를 세울 정도로 많은 것들을 진시황에게 요구했던 것이다. 그는 자신이 다시 돌아오지 못할 운명이란 것을 알았을 것이다. 진시황의 운명이 다해도, 다음 황제가 그를 찾을 것이고, 또 그 다음 황제가 그를 찾을 것이다. 왜냐하면 '불로장생'은 모든 사람들의 희망이기 때문이었다. 그가 어디에 간들 그는 황제의 손아귀에서 벗어나는 것은 불가능했다. 이러한 상황 하에서 그는 어떤 선택을 했을까? 황제의 손아귀에서 벗어날 수 없다면 그가 곧 황제가 되는 수밖에 없었을 것이다. 역모! 역모를 위해 그는 도대체 어디로 갔던 것일까? 한국일까 아니면 일본일까 아니면 다른 나라일까?

3-1. 서복동도의 서막, 『삼국지』

오나라를 창건한 손권, 그에게 당시 회계(會稽)군 동현(東縣) 사람이 바다를 항해하다가 풍랑을 만났는데 표류 끝에 단주(亶洲)라는 곳에 흘러들어갔다가 생환했다는 보고가 들어왔다. 황제가 된 손권은 이 해 나이가 이미 오십 세였다. 정권은 안정되어 손권의 권력은 절정에 달했다. 그는 문득 시황제처럼 장생불로의 약을 구하고 싶어 군사를 파견하였다. 무창에 있던 육손이 이 소식을 듣자

급히 상소를 올려 만류했다. 천하에 할 일이 산적해 있고 아직 대업을 이루지 못했는데 아무 쓸모도 없는 땅을 찾기 위해 왜 불필요하게 군대를 험한 풍랑 속으로 내보내 위험을 자초하느냐는 것이 그의 주장의 골자였다. 육손은 지금은 농사와 양잠을 권장해 병사와 백성들이 먹을 것과 입을 것을 풍족하게 할 때이지 쓸데없는 모험을 할 때가 아니라고 했다.

"신의 어리석은 생각에는 마땅히 병사와 백성들을 양육하고, 조세와 부역을 관대하게 하고, 병사들의 화목을 이루어내고, 의로움으로 그들의 용기를 북돋운다면, 황하와 위수 지역을 평정해 구주를 하나로 통일할 수 있을 것입니다."

손권은 들은 채도 하지 않고 장군 위온과 제갈직을 보내 단주와 이주를 탐험하게 했다. 제2장에서 이미 언급한 『삼국지·오서·오주전』의 내용을 다시 보자.

『삼국지·오서·오주전』에 따르면,

황룡 2년(230) 봄 정월, 위나라는 합비신성을 지었다. 조서를 내려 도강제주를 세워 여러 아들이 교육을 받도록 하였다. 장군 위온과 제갈직을 보내 무장 사병 1만 명을 이끌고 바다를 건너 이주와 단주를 구원하였다. 단주는 바다 가운데 있으며, 노인들이 전하는 말에, 진시황제가 방사 서복을 보내 어린 소년과 소녀 수천 명을 이끌고 바다로 들어가 봉래의 신산과 선약을 구하도록 하였으나, 이 고을에 멈추어 돌아가지 않았다고 하였다. 그 자손들이 대를 이어 수만 가구가 되었고, 그곳 사람들은 때때로 회계로 와서 옷감을 사곤 하였으며, 회계

동쪽 현 사람들이 바닷길을 가다가 또 태풍을 만나면 표류하여 단주에 이르는 자도 있었다. 그곳은 너무 멀어서 끝내 도달할 수가 없었다. 다만 이주의 수천 명만 이끌고 돌아왔다.

위온과 제갈직은 항해를 시작한지 지 거의 일 년 만에 돌아왔다. 단주에는 도착하지도 못했고, 중도에 단지 이주(夷洲)에 상륙해 원주민 수천 명을 사로잡아 돌아왔다. 험한 바다와 파도를 헤치고 돌아다니느라 죽고 상한 병사가 무수했다. 불로장생을 갈망했던 손권은 위온과 제갈직을 탐험 실패의 책임을 물어 처형했다. 명령을 위반하고 끝까지 '단주'를 찾지 않았다는 죄목이었다.

위진남북조 시대(220~589)라 일컬어지는 시기에 서진(西晉. 265~317)의 진수(陳壽)는 『삼국지』를 지었는데, 여기에서 '최초로' 서복이 도착한 곳은 바다에 있는 섬나라인 단주(亶洲)라고 기록했다. 진수는 단주가 어느 곳인지 명시하지 않았고, 또한 이것은 '노인들의 말에 따르면'이라고 하면서 자신도 모른다는 것을 암시했다.

『삼국지』 이후 곧바로 이어진 역사서인 『후한서』에도 '단주'에 대한 내용이 나온다. 내용은 『삼국지』와 대동소이하여 아마도 『삼국지』 내용을 그대로 옮기지 않았을까 생각된다.

『후한서·동이열전·왜전』[38]에 따르면,

38) 『후한서(後漢書)』는 중국 이십사사 중의 하나로 후한의 역사를 남북조 시대 송나라의 범엽(范曄. 398년~445년)이 정리한 책이다. 『후한서·동이열전(東夷列傳)』에는 동이에 대한 언급이 있으며, 고구려, 부여와 함께 일본이 동이로 분류되어 있다.

회계(會稽)의 바다 바깥에는 동제인(東鯷人)이 있는데, 나뉘어 20여 국(國)을 이루었다. 또한 이주(夷洲)와 단주(澶洲)가 있다. 전하는 말에 따르면, 진시황이 방사 서복을 보내 어린 남자와 여자 수천 명을 거느리고 바다에 들어가 봉래신선(蓬萊神仙)을 찾게 하였으나 얻지 못하여, 서복이 목을 베일 것을 두려워하여 감히 돌아오지 못하였으니, 마침내 이 주(洲)에 이르러 세세토록 서로 승계하여 수만 가(家)가 있다고 하였다. (그 주의) 사람들이 때때로 회계에 이르러 거래를 한다. 회계 동야현(東冶縣)에는 바다에 들어왔다가 풍랑을 만나 떠 내려와 단주에 이른 자가 있다. (그러나) 머물고 있는 곳이 워낙 멀어 왕래할 수 없다.[39]

서복이 도착한 곳인 단주, 하지만 역사가들은 단주가 어느 곳인지에 대해서는 어떠한 언급도 하지 않은 채 오늘에 이르고 있다.[40]

3-2. 승려 의초(義楚)와 구양수(歐陽脩)

중국에서는 당나라가 멸망한 후 송나라가 중국을 통일하기까지(907~979년) 약 반세기 동안 중원 지역에서는 후량, 후당, 후진, 후한, 후주의 다섯 왕조가 교체되면서 이어졌다. 이와 때를 같이

---

39) 『後漢書·東夷列傳·倭傳』: "會稽海外有東鯷人, 分爲二十餘國. 又有夷洲及澶洲. 傳言秦始皇遣方士徐福將童男女數千人入海, 求蓬萊神仙不得, 徐福畏誅不敢還, 遂止此洲, 世世相承, 有數萬家. 人民時至會稽市. 會稽 東冶縣人有入海行遭風, 流移至澶洲者. 所在絶遠, 不可往來."

40) 이태(李泰)가 642년에 편찬한 『괄지지(括地志)』의 내용도 "亶洲在東海中."이라 하여 『삼국지』의 내용인 "亶洲在海中."에서 '동(東)'자 하나만 첨가했을 뿐이다.

하여 중국 남부와 산서 일대에서는 주로 당나라 말기의 절도사들이 세운 오, 남당, 오월, 민, 초, 남한, 전촉, 후촉, 형남, 북한의 10왕조가 존속하였는데 역사상 이를 '오대십국'이라 한다.

927년 전후, 일본에서 중국으로 온 승려 관보(寬輔)에게서 서복에 대한 내용을 전해들은 승려 의초는 『석씨육첩(釋氏六帖)』[41] 권 21 "국성주시부(國城州市部)의 성곽(城郭)·일본(日本)"에서 처음으로 "서복이 최종적으로 도착한 곳은 일본(왜국)이다."라고 분명하게 밝혔다. 그 내용은 다음과 같다.

> *일본국은 일명 왜국이라고도 한다. 이 나라는 동해에 있다. 진나라 때, 서복은 어린 남자 500명과 어린 여자 500명을 데리고 이 나라에 갔다. … 또 동북 방향으로 1000여리 먼 곳에 부사(富士: 후지)라는 산이 있는데 봉래산이라고도 한다. … 서복이 그 산에 갔으며, 오늘날 그 후손을 진씨라 부른다.*[42]

---

41) 의초는 배(裵)씨로 상주(相州) 안양(安陽. 오늘날 하남성 안양현) 사람이다. 7세 때 출가하여 제주(齊州) 개원사(開元寺)에서 생활했고, 21세 때 구족계(具足戒)를 받았다. 근면성실 하였으며, 학문에 심취해서 『구사론(俱舍論)』을 암송하기도 했다. 유학자들의 불교에 대한 오해를 풀어주기 위해 백낙천(白樂天)의 『육첩(六帖)』을 모방해서 이 책을 지었다. 이 책은 945년에 쓰기 시작해서 954년에 완성했다. 10여 년에 걸쳐 책을 완성해서 후주(後周) 세종(世宗)에게 바쳤고, 이에 '명교대사(明教大師)'라는 법호를 얻었다. 『석씨육첩(釋氏六帖)』은 『석씨찬요육첩(釋氏纂要六帖)』이라고도 불렸으며 또한 『의초육첩(義楚六帖)』이라고도 불렸다. 총 24권, 약 70여 만 자에 이른다. 앞에서도 언급했듯이 백거이의 『육첩』의 예를 따라 썼으며, 대장경을 비롯한 수많은 유가와 도가 서적을 모았고, 불교의 전장제도와 전설 등을 수집해서 엮었다.

42) 『석씨육첩』: "日本國亦名倭國, 在東海中. 秦時, 徐福將五百童男, 五百童女止此國. …又東北千余里, 有山名'富士'亦名'蓬萊' …徐福至此, 謂蓬萊, 至今子孫皆曰秦氏."

이 내용에 따르면, 서복이 일본에 도착했다는 전설은 이미 일본에서 널리 알려진 사실로, 늦어도 10세기 이전부터 일본에서 생겨난 것으로 볼 수 있다. 당시 중일 교류가 빈번했을 때, 일본의 승려들이 자주 중국에 왔었고, 그들에 의해 서복이 일본에 도착했다는 내용이 중국에 전해지게 되었던 것이다.

이후 중국에서는 서복이 일본에 도착해서 안거(安居)했다고 여기기 시작했다. 송나라 문학가이자 역사가인 구양수(歐陽脩) 역시 서복이 일본에 갔다고 여기고는 『일본도가(日本刀歌)』에서 다음과 같이 썼다.

일본도가(日本刀歌) - 일본도 노래

곤이도원불복통(昆夷道遠不複通),	곤이로 가는 길은 다시 멀어서 통할 수 없으니,
세전절옥수능궁(世傳切玉誰能窮).	옥도 절단한다는 그 칼을 누가 찾을 수 있으리?
보도근출일본국(寶刀近出日本國),	근래에 보검이 일본국에서 나와,
월고득지창해동(越賈得之滄海東).	월 상인이 창해 동쪽에서 그것을 얻었다.
어피장첩향목초(魚皮裝貼香木鞘),	물고기 껍질을 장식해 붙인 향나무 칼집,
황백한잡유여동(黃白閑雜鍮與銅).	노란빛과 흰빛이 섞인 놋쇠와 구리.
백금전입호사수(百金傳入好事手),	백금에 호사가의 손으로 넘어오니,
패복가이양요흉(佩服可以禳妖凶).	허리에 차면 요괴를 물리칠 수 있단다.
전문기국거대도(傳聞其國居大島),	듣기에 그 나라는 큰 섬에 있고,
토양옥요풍속호(土壤沃饒風俗好).	토양이 비옥하고 풍속이 좋다고 한다.
기선서복사진민(其先徐福詐秦民),	그 선조인 서복이 진나라 백성을 속여,
채약엄유관동로(采藥淹留丱童老).	약을 캐러 갔다가 동남동녀 그 곳에서 늙어 갔다.
백공오종여지거(百工五種與之居),	각종 장인과 오곡을 그들에게 주어 살게 하니,
지금기완개정교(至今器玩皆精巧).	지금에 이르도록 공예품 모두 정교하다.
전조공헌루왕래(前朝貢獻屢往來),	지난 왕조 때 공물 바치러 누차 왕래하여,
사인왕왕공사조(士人往往工辭藻).	선비들 종종 문학에 뛰어났다.
서복행시서미분(徐福行時書未焚),	서복이 떠날 때는 『서경(書經)』이 불타지 않아,
일서백편금상존(逸書百篇今尚存).	전해지지 않는 책 백 편이 지금까지 보존되었다.

령엄불허전중국(令嚴不許傳中國), 중국으로 전하는 것을 엄하게 금지하여,
거세무인식고문(擧世無人識古文). 세상에는 고문을 아는 이 아무도 없었다.
선왕대전장이맥(先王大典藏夷貊), 선왕의 대전이 오랑캐 땅에 숨겨져 있지만,
창파호탕무통진(蒼波浩蕩無通津). 푸른 물결 끝없이 넓어 갈 수가 없다.
령인감격좌류체(令人感激坐流涕), 벅찬 감격에 앉아서 눈물 흘리니,
수삽단도하족운(鏽澀短刀何足云). 녹슨 단도야 어찌 언급할 만하겠는가!

이 시는 구양수가 1060년에 소흥(紹興)의 한 상인을 통해 일본도 한 자루를 보고 지은 것이다. 그는 이 시에서 일본도의 내력과 효험으로부터 일본에 얽힌 전설을 서술하고 마지막에 일본에 전해지고 있다는 『서경』 백편에 대한 감회를 말하였다. 특히 여기에서 서복은 일본에 도착했고, 일본에 중국의 선진문물을 전파했다는 점도 부각시켰다.

하지만 우리나라 학자들은 이에 대해 적지 않는 비판을 가했다. 장유(張維)는 『계곡만필』(권1. 1635년)에서 세상에 전하는 '일본에는 진시황의 분서갱유 때 타지 않은 경전이 있다.'는 설은 근거가 없다고 하면서, '일본에 『고문상서』가 전한다.'는 구양수의 시구는 잘못된 것이라고 했다. 그리고 『사기』에 서복과 관련된 사실들을 연대순으로 제시한 후 서복의 일본 도래는 진시황의 분서갱유 이후라고 밝혔다. 그러면서 구양수와 같이 학식이 넓고 바른 사람이 미처 깊이 고민도 하지 않고 기록한 사실에 대해 지적했다. 장유의 이런 주장은 조선 후기 통신사 일행의 일본 방문시에도 일본 접객들에게 항상 물어보고 확인하는 주제가 되었다.[43]

43) 진시황의 분서갱유 사건 이후, 대부분의 유가 경전이 사라져버렸다. 이에 구술을 통해 새롭게 유교 경전이 부활되었는데, 이 경전을 토대로 금문학파가 우세한 지위를 차지했다. 그러던 중, 한나라 사람들이 유가의 전적을 공자(孔子)의 옛 집에서 발견하였는데 이때 발견된 책들이 구술로 만들어

결론적으로 말하자면, 중국은 3세기~10세기까지 서복은 단주(亶洲)에 도착했다고 믿었다. 10세기 중후반 이후 서복이 일본에 도착했다는 내용이 일본의 승려를 통해 중국으로 유입되었고, 이후 원나라를 거치면서 일부 학자들은 이것을 거의 사실로 받아들였다. 그 후 명·청대에는 서복이 일본에 도착했다는 내용이 거의 기정사실처럼 되었다. 그렇다면 일본에서는 최초에 서복에 대해 어떤 입장을 취했을까? 어째서 서복이 일본에 도착했다고 했을까?

3-3. 서복에 대한 일본의 인식

중국의 문물이 일본에 직접 전파된 계기는 중국 수(隋)나라에 사신을 파견한 견수사(遣隋使)와 당(唐)나라에 사신을 파견한 견당사(遣唐使)를 통해서다. 약 300년에 걸쳐 일본은 중국의 선진문물을 배우기 위해 사신을 파견했다.

견당사의 도항은 항해술과 조선술이 미숙하여 많은 위험을 내포하고 있었다. 조선술이 열악했던 고대에 대형선으로 외양(外洋)을 건너는 것은 생명을 거는 행위나 마찬가지였다. 7세기에는 대략 100명이 탈 수 있는 배 두 척으로 출발했는데, 한반도의 연안을 따르는 북로(北路)를 이용했다. 그러나 8세기 이후 신라와의 관계

진 책보다 중요하다고 보는 고문학파가 등장했다. 그래서 금문학파와 고문학파 간에 뜨거운 논쟁이 시작되었는데, 이를 금고문논쟁(今古文論爭)이라고 한다. 그러므로 공자의 옛 집에서 발견된 『고문상서』와 같은 내용의 『고문상서』가 일본에 있다고 하는 것 자체만으로도 소중화주의 사상을 강조한 조선시대에는 매우 중요한 일이었다. 그래서 조선의 학자들은 일본에 가면 정말 『고문상서』가 있는지 여부에 대해 늘 물어보게 되었던 것이다.

가 여러 차례에 걸친 긴장 국면에 접어들어 북로를 이용하지 못하게 되자 동중국해를 횡단하는 남로(南路)를 이용할 수밖에 없었고, 그 위험성은 더욱 커졌다. 8세기 중엽에는 150명이 탈 수 있는 배 네 척으로 당에 가는 것이 보통이어서 견당사를 '네 척의 배'라고 부르기도 했다.

8세기의 견당사는 대략 20년에 한 번꼴로 파견되었다. 이는 '20년 1공'의 약속이 있었기 때문이라고 한다. 견당사는 기본적으로 조공사로서, 대사 이하 부사, 판관, 녹사 등의 관리로 구성되었으며, 여기에 유학생이나 유학승이 동행했다. 이들은 수많은 난관을 극복하고, 당의 문물을 일본에 전하려고 노력했다. 이렇게 하면서 일본은 서복에 대한 내용을 직간접적으로 들었을 가능성이 매우 높다. 하지만 사실 수·당 시기에 중국과 일본의 직접 왕래는 빈번했지만 문헌에서 '서복'이라는 두 글자를 찾아보기는 매우 어렵다.

그런데 10세기 중반, 느닷없이 일본의 승려가 중국의 승려에게 "서복은 일본에 도착했다."고 전해주었다. 그리고 헤이안 시대 후기 11세기말~12세기부터는 서복 일행이 일본 근기(近畿) 지방의 남서부에 위치한 구마노(雄野) 일대에 귀착했다는 믿음이 팽배하기 시작하였다.[44] 그후 약 200여 년이 지난 후, 일본 고문헌에서 서복의 전설이 최초로 등장한다. 바로 『신황정통기(神皇正統記)』[45]란 고

44) 大野左千夫, 「雄野における徐福傳說とその背景」, 2002, 151~186쪽.

45) 『신황정통기』(1339)는 『우관초』, 『독사여론』과 함께 일본의 3대 사론서로 꼽히는 책으로, 일본의 신국사상의 교범으로서 각광을 받았다. 일본은 신명이 가호하는 신국으로 타국보다 강하고 우월하다는 의식을 바탕으로 일본은 신의 자손인 천황이 대대로 통치하는 국가이며 그 점에서 타국과 구별된다고 주장한다. 저자 기타바타케 지카후사(1293~1354)는 남북조 동란기에 활약했던 남조를 대표하는 귀족 정치가이자 사상가로, 위기에 빠

문헌에서다. 『신황정통기(神皇正統記)·효령천황(孝靈天皇)』에는 서복과 관련하여 다음과 같은 내용이 기록되어 있다.

> *45년 을묘, 진시황이 즉위하였는데, 시황은 신선을 좋아해 일본에 있는 불로장생약을 구하고자 하였는바, 일본은 중국의 오제 삼왕 유서를 필요로 하였고, 시황은 극서(極祕文書)를 모두 보내주었다. 그 후 35년 중국의 분서갱유로 인하여 공자의 경전이 일본에 보존되게 되었다.*

이것은 앞에서 본 구양수의 『일본도가(日本刀歌)』 내용과 일치한다. 『신황정통기』는 남조 왕조의 정통성을 강조하기 위해 유교(儒教)와 관련된 내용이 필수적이었다. 그래서 서복과 유교경전을 서로 연결시켰던 것이다.

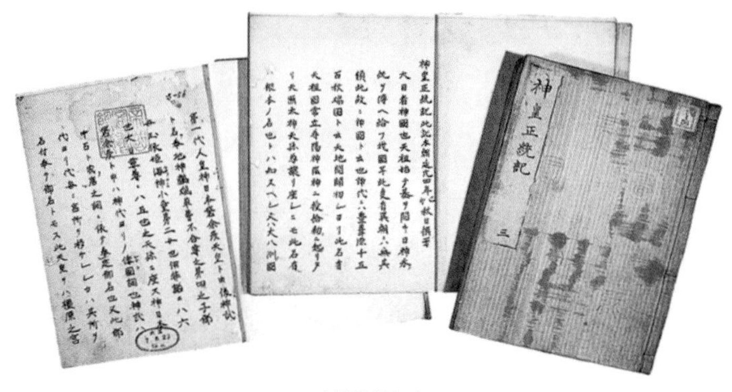

신황정통기

진 남조의 정통성을 주장할 목적으로 이 책을 저술했다. 남조의 천황이야말로 일본의 정통한 군주임을 역설하면서 천황의 절대적인 권위와 황위계승의 역사를 논하고 있다. 또한 이 책에는 중세의 신도론, 유교적 덕치주의, 불교의 말세관 등 중세 일본인의 종교와 세계관, 정치이념 및 국가의식이 농축되어 있어 전근대 일본의 사상 나아가 동양 사상을 이해하는데 풍부한 자료를 제공한다.

그 후 서복과 관련된 내용이 거의 없다가 17, 18세기에 와서 다시 서복과 관련된 내용이 기록된다. 몇 가지를 예로 들면 다음과 같다.

『임나산문집(林羅山文集)』(1605)에는 "서복이 일본에 온 것은 분서갱유 6~7년 전이다. 과두(蝌蚪), 전주(篆籀), 위칠(韋漆)을 생각하나, 세상에 아는 사람이 적다. 그 후 오랜 세월동안 전쟁과 재난으로 인하여 자료가 흩어져 전해진 말을 들을 수가 없으니 슬프고 애석하다."

『이칭일본전(異稱日本傳)』(1688)에 "이주(夷洲), 단주(澶洲) 모두 일본 해도라 불리며, 전하는 바에 의하면 기이국(紀伊國) 웅야산(熊野山) 아래 새가 날아다니는 땅이 있는데, 여기에 서복 무덤이 있다. 웅야 신궁 동남쪽에 봉래산이 있고, 산에는 서복 사당이 있다. 태조 황제가 알현하고서, 일본 지도를 가리키며 해방(海邦) 유적을 묻고 웅야 시를 짓도록 명했다."

『동문통고(同文通考)』(1760)에 "지금의 웅야 부근에 진주(秦住)라는 땅이 있는데, 원주민들은 서복이 거주했던 옛 땅이라고 전한다. 여기서 7~8리 떨어진 곳에 서복사당이 있는데, 그 사이에 고적이 보이는 바 이는 그의 가신(家臣)의 무덤이라 전해진다. 이와 같은 구전은 오늘날까지도 전해지고 있으며, 진성제씨(秦姓諸氏)가 있으니, 진인(秦人)의 왕래는 필연적이다."

결론적으로 말하자면, 7~10세기 중국에서는 서복에 관한 내용이 전설이 되어 있었고, 그후 일본의 영향으로 차츰 역사가 되어갔다. 하지만 일본에서는 7세기 이전에 이미 역사가 되어 있었다. 그렇다면 어떻게 해서 일본에서는 역사가 되었을까? 만일 견수사와 견당사 이전(7세기 이전)에 이미 서복에 관한 내용을 알았다면 가능한 일이었다. 그게 가능했을까?

다음은 『본조문수(本朝文粹)』의 내용 일부인데, 이는 11세기 경 헤이안 시대에 후지와라노 아키히라가 편찬한 한시문집으로, 당대에 남아있던 일본의 수려한 한문(漢文)을 엄선하여 수록하였다. 여기에는 견훤이 일본 측에 보낸 문서와 이에 일본 측의 답장이 수록되어 있다.

『본조문수(本朝文粹)』 권12 「대재답신라반첩(大宰答新羅返牒)」의 일부

「대재답신라반첩」의 내용을 간략하게 살펴보자. 먼저 후백제의 사신인 휘암(輝嵒)이 대마도에 도착하여 일본 조정에 올린 글이다.

엎드려 생각컨데, 당국(當國, 후백제)이 귀국(貴國, 일본)을 우러름은 아버지를 모시는 예처럼 도탑고, 어린아이가 (어머니를) 사랑하는 정

과 견줄 만하다. 오직 수레를 끌고 채찍을 잡는 것을 달게 여겨왔으니, 어찌 깊은 바다를 건너고 험한 곳에 길을 놓는 것을 꺼리겠는가.

그런데 질자(質子)가 도망하여 숨어서는 이웃의 말을 꾸며내고 속였으니, 1천년의 맹약이 잠깐 사이에 변해버렸으며, 3백년간 소통함이 (없어져) 여기에 이르렀다. 『춘추』를 논할 것도 없이, 인하고 선한 이웃을 사귀는 일은 나라의 보배이다. 노나라의 『논어』에서 말하기를, 옛 잘못을 새겨두지 말라고 하였다. (그러니) 이에 마땅히 은혜를 깊이 하여 허물을 견디고 양고기를 그리워하는 개미(慕羶)에게 덕을 베풀기를 바라오며, 이제 전개(專介, 사자)를 파견하니 비루한 예물이라도 받아주기를 바란다.[46]

위 내용에서 자못 눈길을 끄는 부분이 있다. 여기서는 옛 백제와 일본 사이의 관계를 "1천년의 맹약(一千年之盟約)"이라 표현하였으며, 백제가 멸망한 660년 이래로 3백 여 년 간 그 관계가 끊어지게 되었다는 사실을 강조하였다는 점이다.

다시 말해서 후백제 측은 옛 백제와 일본의 관계를 언급하면서 일본과 다시 교류를 트고 싶다고 말하고 있는 것이다. 하지만 이에 대한 일본 측의 반응은 싸늘했다.

도통(都統) 견공(甄公, 견훤)이 안으로는 국난(國亂)을 다스리고, 밖으로는 (일본과) 주맹(主盟)을 맺으려한다. 저 공훈과 어짐을 들으니 누군들 흠상(欽賞)치 않으랴.

---

46) 『본조문수』 권12 「大宰答新羅返牒」: "伏思, 當國之仰貴國也, 禮敦父事, 情比孩提. 唯甘扶轂執鞭, 豈憚航深棧險. 而自質子逃遁, 鄰言矯誣, 一千年之盟約斯渝, 三百歲之生疏到此. 春秋不云乎, 親仁善鄰, 國之寶也. 魯論語曰, 不念舊惡, 是宜恩深含垢, 化致慕羶, 今差專介, 冀藏卑儀."

그러나 다스리는 땅에서 나는 보배는 제왕(帝王)이 조공하는 것이 조천(朝天)의 예(禮)인 것이니 배신(陪臣)이 어찌 대신하겠는가. 이는 대장장이를 대신하여 칼을 휘두르고, 부엌데기를 따라하여 그릇을 뛰어넘는 격이다. 비록 정성을 다해 반룡(攀龍, 뜻을 이룸)할지라도 상서(相鼠, 시경의 편명으로 사람의 무례함을 꾸짖는 시)를 잊는 것을 조심(猶嫌)할지어다.

만일 재부(宰府)에서 헤아려 금궐(金闕, 천황의 궁궐)에 이른다면 헌대(憲臺)에서는 옥(玉)처럼 받드는 법조(條)로 비추어 벌 할 것이다. 때문에 (보내온) 표함(表函)과 방물(方物)은 아울러 돌려보낸다. 마땅히 전장(典章)을 상고하여 공경히 대우하지 않는 일이 없도록 하라. 허물을 고치지 않는다면 그 때는 어찌하겠는가. 다만 휘암(輝嵒) 등은 멀리 파도길에 지쳤으므로 잠시 쉬도록 할 것이며, 관청의 양식을 헤아려 나눠주고 약간의 재물을 쥐어서 돌려보낼 것이다. 이제 이 장(狀, 글)으로써 편지를 보내니, 편지가 이르면 글을 준하도록 하라.[47]

이는 당시 일본 측에서 보내온 답서로, 당대의 문장가였던 후지와라노 아츠시게(菅原淳茂)가 쓴 것으로 전한다. 그 내용에서 알 수 있듯이, 일본 측은 견훤을 일국의 왕이 아닌 신라의 "도통(都統)"이자 "배신(陪臣)"으로 규정하였다. 때문에 왕이 아닌 자와 통교할 수 없다는 뜻을 밝히며 후백제 측의 교류 요청을 거절하였다. 그에 따라 후백제에서 온 사신인 휘암을 잠시 휴식을 취하게 한 후

47) 『본조문수』 권12 「大宰答新羅返牒」: "都統甄公, 内撥國亂, 外守主盟. 聞彼勳賢, 孰不欽賞. 然任土之琛, 帝王所貢, 朝天之禮, 陪臣何專. 代大匠而採刀, 慕庖人而越俎. 雖誠切攀龍, 猶嫌忘相鼠. 縱宰府忍達金闕之前, 而憲臺恐安玉條之下. 仍表函方物, 併從卻迴. 宜稽之典章, 莫處竦隔. 過而不改, 奈其餘何. 但輝嵒等, 遠疲花浪, 漸移葭灰, 量給官糧, 聊資歸路. 今以狀牒, 牒到准狀."

에 서둘러 돌려보냈으며, 후백제에서 보내온 방물도 받지 않았다.

여하튼 「대재답신라반첩」의 내용에 따르면, 일본은 백제가 멸망(660년)하기 전까지 해상 왕국 백제와 우호적인 관계를 유지했음을 엿볼 수 있다. 백제의 활동 범위는 아래의 그림과 같다.

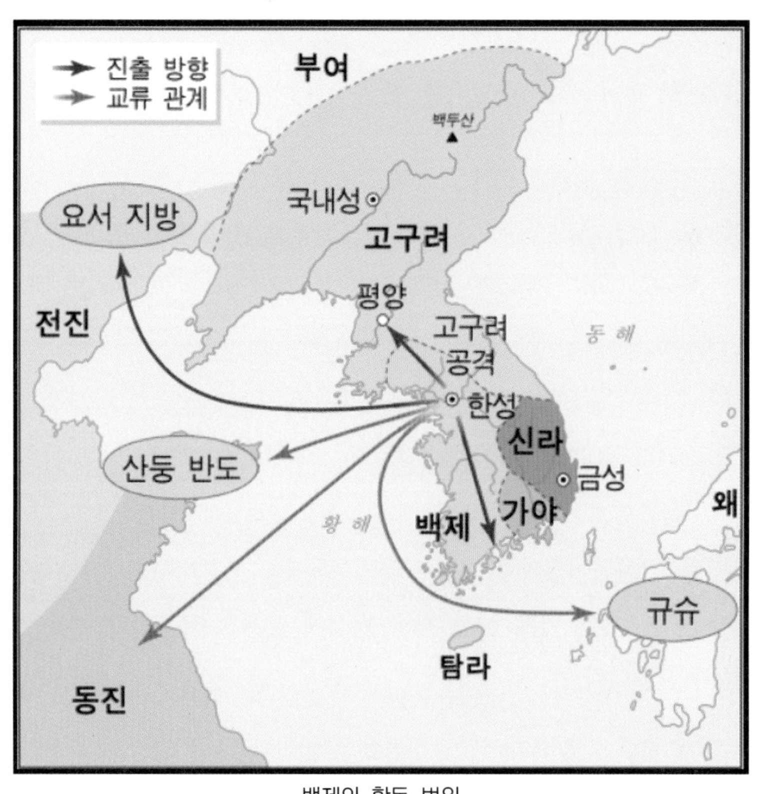

백제의 활동 범위

그들의 활동 범위는 중국의 동남 해안선과 발해만 그리고 한반도 서남해와 일본 서남해에 이른다. 만일 서복 일행이 항로를 이용해 동쪽으로 갔다면 백제의 항로와 겹치게 된다. 게다가 견수사와 견당사를 파견했던 일본의 초기 항로 역시 이 항로와 겹친다.

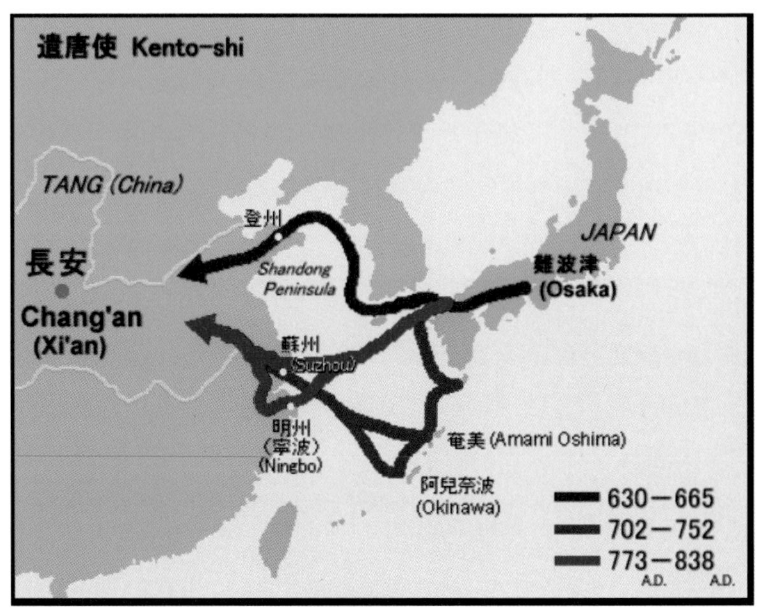

견당사의 항로

견수사와 견당사 이전에 일본은 백제를 통해 중국의 문물을 받아들였다. 일본에서는 7세기 이전에 이미 서복에 관한 내용이 사실처럼 받아들여졌다면, 이는 분명 백제를 통해서였을 가능성을 배제할 수 없다. 이제 해상 왕국 백제에 남겨진 서복의 흔적을 찾아 여행을 떠나 보자.

3-4. 백제에 남아 있는 서복의 흔적

기원전 219년 서복이 불로초를 찾기 위해 1차 원정을 시작, 212년 수많은 방사(方士)들을 땅에 매장함, 210년 서복이 2차 원정을 떠났음에 대한 당시의 상황을 떠올려보자. 『사기 · 진시황본기』에 서복의 이름이 네 차례나 언급되었고, 또한 그의 행위에 대해 두 차례나 언급될 정도면 당시로서는 정말 엄청난 일이었다. 그 정도 일이라면 중국의 동부 해안에 거주하는 수많은 사람들이 알았을 것이다. 진시황에 대해 원한을 품은 많은 사람들은 서복이 진시황을 속였다는 점 하나만으로도 그를 흠모하기에 충분했다.

『사기』에도 언급되었듯이, 만일 진시황의 유언대로 그의 장남인 부소(扶蘇)가 황제가 되었다면 진나라의 운명은 어찌 되었을지 아무도 모른다. 부소는 분서갱유(焚書坑儒)가 천하의 안정을 해친다며 여러 차례 진시황에게 간언하였다. 이 일로 말미암아 진시황의 노여움을 산 부소는 흉노를 막기 위해 장성(長城)에 주둔하던 몽염(蒙恬)의 대군(大軍)을 감독하기 위해 북방의 상군(上郡)으로 보내졌다.

진시황이 죽기 전에 이사(李斯)와 조고(趙高)에게 부소에게 유서와 옥새(玉璽)를 전하고, 또한 부소에게 곧바로 함양(咸陽)으로 돌아가 장례를 주관하라는 명을 전하라고 하였다. 하지만 진시황이 죽은 뒤, 그의 막내아들 호해(胡亥)와 승상 이사와 환관 조고는 함께 모의하여 호해가 황위를 계승하도록 유서의 내용을 날조하였다. 또한 진시황의 죽음을 비밀로 한 채, 부소와 몽염에게 자결하도록 명령하는 진시황의 거짓 조서(詔書)를 보냈다. 몽염은 진시황의 명령이 의심스럽다며 따르지 말 것을 권했지만, 부소는 아버지의 명령을 의심하는 것 자체가 올바르지 않다며 스스로 목숨을 끊었다. 몽염도 감옥에 갇혔다가 스스로 목숨을 끊었다.

천하의 평화를 꿈꿨던 부소도 사라졌고 불로초를 찾아 나선 서복도 사라졌다. 만일 부소의 간언대로 했다면 서복은 결코 사라지지 않았을 것이다. 서복은 방사들을 보호해 준 부소의 죽음을 애도

했을 것이고, 서복의 이야기와 함께 부소의 이야기도 함께 퍼져나 갔을 것이다.

서복이 동쪽 바닷가로 떠난 후 돌아오지 않으면서 그에 대한 이야기는 전설이 되었다. 중국 통치자의 입장에서 보면 그는 반역자지만 백성들의 입장에서 보면 그는 영웅이었다. 통치자들은 너나없이 서복을 찾았다. 왜냐하면 인간이라면 누구라도 불로장생을 꿈꾸기 때문이었다. 그러면 그럴수록 그는 신선이 되어갔다. 그리고 그가 도착한 곳은 불로장생을 꿈꾸는 사람들의 이상향이나 다름없었다. 이제 서복은 '신선'을 상징함과 동시에 '이상향'을 상징하게 되었다.

인도로부터 불교가 전래된 후, 중국에서는 위진남북조 시대(220~589)[48]에 불교와 도교가 결합하면서 불교의 승려들도 서복에 대한 이야기를 듣게 되었고 신선이 된 그를 흠모하게 되었다. 심지어 불교의 나라라고 일컬어지는 당나라는 신선사상인 도교를 국교로 정하기도 했다.[49] 이렇듯 불교와 도교는 일체가 되어 있었다. 중

48) 중국에서는 한나라 이후 처음 나라를 세울 때와 정치 안정기 때는 유교사상이, 정치가 혼란기에 빠져 나라의 존위가 위태로울 때는 불교와 도교사상이 성행했다. 중국 역사상 대혼란기였던 위진남북조 시대 당시에는 유교보다는 도교사상이 더 인기가 있었는데, 대표적으로 유행했던 도교사상이 '청담사상'이다. 청담사상은, 1) 사치와 탐욕에 빠지는 것을 경계하고 청렴, 결백히 살아야 함을 중요시 여기고 2) 허례허식에 사로잡힌 유가사상에서 탈피했으며 3) 자유롭고 다양한 생각들이 넘쳐났고 4) 현실도피적 신선사상이 유행했다는 특징이 있다. 위진남북조 시기 당시 혼란스러운 시기에 정치계에서 떠나 대나무 숲속에서 거문과와 술을 즐기며 한가롭게 청담사상 이야기를 하는 일곱 선비도 있었는데 이를 '죽림칠현'이라고 한다. 이외에도 위진남북조 시대 특징으로는 역시 유교는 기존 한나라 시대에 대한 반발 등으로 쇠퇴했고 도교 이외에도 불교도 크게 유행해서 남북조 시대에 북방 선비족 계열 왕조인 북위에서는 '원강석굴'이라는 대형 불교 석굴, 불상을 만들기도 했다.

국으로부터 불교가 전파됨에 따라 우리나라와 일본에도 서복의 이야기가 퍼져나갔다. 그래서 승려들 사이에서 이상향을 상징하는 서복에 대한 이야기가 되살아나기 시작했다.

충청남도기념물 제161호로 지정된 서복사지(西覆寺址)는 1942년에 처음으로 발굴조사가 실시되었다. 당시 조사에서는 중문(中門)과 목탑(木塔) 및 금당(金堂)과 회랑(回廊)이 남북으로 배치되어 있는데, 강당이 없는 특수한 사찰이라는 사실이 확인되었다. 이후 1980년 문화재연구소에서 다시 발굴하면서, 금당지와 중문지 및 목탑지 등이 밝혀졌다. 또한 목탑지 중앙의 심초석 자리 옆에서 금동과대(金銅銙帶)의 판과(板銙) 7개가 출토되었다. 두 번에 걸친 발굴 조사 결과 부소산(扶蘇山) 서복사지에서는 백제시대에 국한된 당대의 유물만 출토되었을 뿐, 다른 시대와 겹치는 유물과 유구는 발견되지 않았다. 이로 볼 때, 백제시대 창건사찰로서 계승되다가 백제 멸망기에 폐사되었을 것으로 추정된다.50)

49) 도가 사상은 원래 남북조시대에 크게 성행했는데 당나라 초기에는 정부의 특별 지원을 받았다. 여기에는 그럴 만한 이유가 있었다. 사실 당나라는 수나라에서 명패만 바꾸었을 뿐 그 내용은 크게 다르지 않았다. 화북 출신의 왕조인 데다 수나라 황실의 양씨와는 친족 간이었으니 우선 관료와 백성들이 두 나라를 다르게 보지 않는 것이다. 여기에 문제를 느낀 당나라 고조 이연(李淵)은 도가의 창시자인 노자(老子)가 이씨(李氏)였다는 점에 착안해서 노자를 자신의 시조라고 우겼다. 그래서 노자를 조상으로 모셨을 뿐만 아니라, 노자와 연결시키는 족보를 만들고 국교로 삼았다.

50) 부소산성은 538년 백제 성왕이 웅진에서 사비로 도읍을 옮긴 후 백제가 멸망할 때까지 123년 동안 백제의 도읍지였으며, 당시에는 사비성이라 불렸다. 이 산성은 백제의 수도인 사비(泗沘)를 수호하기 위하여 538년(성왕 16) 수도 천도를 전후한 시기에 축조된 것으로 보인다. 그러나 이보다 먼저 500년(동성왕 22)경 이미 산봉우리에 테뫼형 산성이 축조되었다가 천도할 시기를 전후하여 개축되었고, 605년(무왕 6)경에 현재의 규모로 확장, 완성된 것으로 추정된다.

서복사지는 출토유물의 내용이나 강당이 결여된 가람 배치에서 일반적인 사원과는 성격을 달리하는 특수한 사원이었던 것으로 추정된다. 입지조건도 평지 가람이 아닌 산지 가람의 형식을 보이고 있다. 또한 궁성 유적지로 추정되는 부소산 남쪽 숲 일대와 인접하였다. 부소산성은 당대에 그 성격이 궁원(宮苑)에 속한 궁실의 후원과 같은 역할이었다면 궁성에 속한 사원이었을 것이다. 이러한 부소산 서복사지의 전체적인 입지는 북쪽과 동쪽이 높은 지형을 이루고 서쪽과 남쪽은 시야가 트여서 백마강이 굽어보이는 위치에 있다.

부소산 서복사지

부소산 서복사지 비석

부소산 기슭에 위치한, 백제의 멸망과 함께 사라진 절 서복사. 부소산의 '부소'와 진시황제의 장남인 '부소'가 일치할 뿐만 아니라, 서복사의 '서복'과 진시황의 사자인 '서복'이 일치한다. 물론 '서복'의 한자는 다르지만 이것은 음차로 이해하면 전혀 문제가 되지 않는다. 궁성(宮城)에 위치한 서복사, 해상 왕국인 백제와 해상 왕국을 꿈꿨던 서복은 서로 이처럼 연결되어 있었던 것이다.

앞에서도 언급했듯이, 진시황에 억압당했던 백성들에게 있어서 서복은 그들의 희망이었다. 그가 정착한 곳은 모든 이들이 갈구하는 이상향이었다. 서복과 이상향에 대한 이야기는 중국 동부지역(산동성, 강소성)에 널리 퍼져있었다. 당시 이 지역을 중심으로 한반도 서해안과 남해안을 따라 해상왕국으로 변모해나가던 백제는 서복에 대한 이야기에 매료되었을 것이다. 왜냐하면 그가 있는 곳이 바로 모든 사람들의 희망인 이상향이었기 때문이었다. 그러므로 백제 정권은 백성들의 민심을 사기 위해 여러 모로 서복 전설과 관계를 맺을 수밖에 없었을 것이다. 그래서 백제의 왕이 거주하는 곳, 이곳은 모든 이들이 찾는 이상향이었으므로 바로 그곳에 서복이 있을 수밖에 없었던 것은 아닐까?

백제는 불교와 함께 서복의 이야기를 일본에 전파했다. 538년(성왕 16)경 백제의 성왕이 웅진에서 사비로 천도한 후, 경론과 불상을 처음 일본에 전해준 이래 많은 승려들이 일본으로 건너갔다. 554년(위덕왕 1)에 담혜 등 9명의 승려를 파견했으며, 577년에는 불교전적과 율사·선사·비구니·주금사·불공·사장 등을 보냈으며, 584년에는 불상을 보냈다. 588년에는 불사리와 승려·사공·와장·화공 등을 보냈다. 602년(무왕 3)에는 삼론학자 관륵이 건너가 역사·천문·지리·둔갑술 등을 전수했을 뿐만 아니라, 승정에 취임해 일본 승관제의 길을 열었다. 이외에도 많은 불교승려와 불교관계 기술자 및 불경·불상 등이 전파되어 초기 일본 불교의 성립에 커다란 영향을 미쳤다.

이렇듯 백제는 일본의 건국에 막대한 영향을 끼쳤다. 그래서 일본은 지금까지도 백제를 매우 중요시한다. 이러한 사실은 일본이 고구려, 백제, 신라를 부르는 '명칭'에 그대로 반영되어 있다. 예를 들면, 일본에서는 신라(新羅)를 '시라기'라고 읽고, 고구려(高句麗)

를 '고구리'라고 읽지만, 백제(百濟)를 '쿠다라(kudara)'라고 읽는다. 조금 더 설명을 붙이자면, '시라기'에서 '기'는 '멸시'를 뜻하는 접미사로 '신라놈(새끼)'라는 의미로 일본의 신라에 대한 반감이 그대로 묻어나고 있다. '고구리'는 '고구려'의 옛 발음으로 그냥 '고구려'를 뜻한다. 고구려에는 그다지 반감이 없다는 의미다. 중요한 것은 백제를 뜻하는 '쿠다라(kudara)'다. 일본어 음운규칙 상 여기에서 [-d-]는 고대 발음에서 [-nn-]이 변한 것이다. 그렇다면 '쿠다라'는 원래는 '쿤나라(kunnara)'로 발음했을 것이다. '쿤나라'는 무엇일까? 발음 그대로 '큰나라'라는 뜻이다. 일본은 백제를 '큰나라'로 섬겼음을 여과 없이 보여준다.51)

이제 일본 승려들에게 있어 서복은 없어서는 안 될 존재가 되었다. 927년 전후, 일본 승려인 관보(寬輔)가 중국에 건너가 승려인 의초에게 "서복은 일본에 왔다."라고 말한 것은 그다지 놀라운 이야기도 아니었다.

백제가 일본에 불교를 전파하기 50여 년 전, 백제는 탐라(제주)와도 통교하였다.52) 그리하여 제주에도 해상왕국의 이야기와 함께

---

51) 김용운 선생의 주장이다. 김용운(金容雲, 1927. 9. 6 ~ 2020. 5. 30), 대한민국의 수학자로 1927년 일본 도쿄 출생. 본적지는 전라남도 나주시 금천면이다. 수학 관련 대중 서적 집필로 1980년대 - 2000년대까지 한국에서 가장 유명한 수학자로 여겨졌다. 수학 이외에도 다양한 학문에도 관심이 많아서 역사와 철학 분야와 관련한 여러 저술을 남겼고, 역사 관련 방송 프로그램에 나와 다양한 학설들을 소개하기도 했다. 2019년 3월 11일에는 "김용운의 역습"이라는 채널을 만들어 역사, 언어, 사회정치철학 등등의 이야기들을 풀고 설명하는 등 적지 않은 나이에도 불구하고 적극적으로 활동을 이어갔지만, 2019년 6월 28일을 마지막으로 새로운 영상을 업데이트하지 못하고 2020년 5월 30일 지병으로 사망하였다.

52) 『삼국사기』(문주왕 2년, 476): "탐라에서 공물을 바치자 왕이 기뻐하면서 탐라 사자에게 은솔(恩率) 벼슬을 내렸다." 『삼국사기』(동성왕 20년,

서복의 이야기도 전파되었을 것으로 추정된다.

하지만 백제는 마지막 전투였던 백강전투53)에서 패하면서 신라에 의해 멸망당했다. 백제를 멸망시킨 신라는 백제의 기록과 문화를 지워나갔다. 해상왕국이었던 백제는 패망과 함께 차츰 잊혀져 갔으나, 백제의 잔존세력은 당시 백제에 우호적이었던 일본으로 건너가 다양한 영향을 끼쳤다. 이에 일본은 백제의 선박기술을 활용하여 해상활동을 적극적으로 펼쳐나가기 시작했다. 그리하여 한반도 해안선이 아닌 새로운 해로(남로)를 개척하여 중국과 직접 교역을 해 나갔던 것이다. 한편, 백제의 궁성에 자리 잡았던 서복사는 백제의 패망과 함께 사라졌으나, 백제의 잔존세력과 함께 일본으로 전해져 일본에서도 서복사가 만들어지기 시작했다. 이렇게 해서 한반도에서 사라졌던 서복이 일본에서 부활하게 되었던 것이

498): "왕이 탐라가 공물을 바치지 않는다고 하면서 친히 정벌하려고 무진주(無珍州)까지 도착하였다. 탐라가 이를 듣고 죄를 빌자 그만두었다." 『삼국사기』(문자왕 13년, 504): "황금은 부여에서 나고, 흰 옥돌은 섭라(涉羅)에서 생산되는 것인데, 부여는 물길(勿吉)에게 쫓기고, 섭라는 백제에 병합되었다. 두 물품이 왕의 관부(官府)에 올라오지 못하는 것은 실로 두 도적 때문입니다." 『일본서기』(계체기 2년, 508): "남해의 탐라인이 처음으로 백제국과 통교하였다."

53) 백강 전투: 660년 백제 멸망 이후 백제 부흥 운동을 주도한 복신은 그해 10월 왜에 있던 왕자 부여풍을 왕으로 옹립하고 왜에 원병을 요청하였다. 왜의 지원과 관련해서는 『일본서기』에 기록이 남아 있는데, 661년 5월에 1만 명, 662년 2월에 2만 7천 명, 663년 8월에 1만 명의 군사를 파견하였다고 한다. 이는 왜가 복신 등의 요청 이후 1년에 가까운 기간 동안 준비 끝에 정치적 결단을 내리고 총력을 쏟아 지원한 것임을 알 수 있다. 왜병은 전군을 셋으로 나누어 공격하였지만 당의 수군에 비해 월등하게 수적으로 우세하였음에도 불구하고 네 번 모두 패배하고 말았다. 백강 전투의 패배는 왜에 있어서도 큰 충격을 안겨 주었다. 이후 왜는 북 규슈 일대에 거대한 성을 쌓고 각지에는 산성을 쌓았다. 또한 안으로는 국가 체제를 정비하면서 율령 체제를 완성해 나갔다.

다. 일본의 해상활동이 활발하면 할수록 서복과 관련된 이야기가 더욱 구체화 되어갔고, 그 결과 일본에 파견된 조선의 통신사들은 서복의 일본 도래를 역사적 사실로 인식하게 되었다.

3-5. 한국 작품 속 서복 이야기

우리나라 역사서에는 '서복(서불)'이란 두 글자가 존재하지 않는다. 하지만 개인의 작품 속에는 '서복(서불)'이 등장한다. 필자가 『서복사전』을 수정할 때 한국의 문학작품 속에 등장하는 서복에 관한 내용은 홍기표 선생[54]의 「한국 고문헌에 기록된 서복 기록 연구」란 논문을 참고했다. 이 논문은 우리나라 역사서가 아닌 '개인 문집'에 실린 서복 기록을 살펴본 것으로, 총 57명(57문집)에서 총 138건의 기사가 조사되었다. 이 논문에는 시대별로 구분되어 있어 한국에서의 서복에 대한 인식의 흐름을 이해하는 데 어느 정도 도움이 된다고 생각된다. 이에 독자들 가운데 이 부분에 대해 관심이 있다면 이 논문을 읽어보는 것이 좋을 것이다. 여기에서 시대별로 몇 가지 중요한 점을 언급하면 다음과 같다.

1.

통일신라 이전 고대의 글에서 서복을 확인할 수 있는 최초의 사례는 신라 눌지왕(訥祗王, 재위 417~458)[55] 2년(418), 고구려의

54) 홍기표, 제주특별자치도 문화재위원, (전)성균관대 사학과 겸임교수, 「韓國古文獻 所載 '徐福 記錄' 연구」

영향력에서 벗어나고자 박제상(朴堤上)을 보내 고구려에 볼모로 간 동생 복호(卜好)를 데려왔으며, 또 박제상을 일본에 보내 역시 볼모로 간 다른 아우 미사흔(未斯欣)을 탈출시키는 데 성공하였다. 그러나 박제상은 일본을 속이고 미사흔을 빼돌린 사실이 발각되어 잡혀 죽었다. 이때 왕이 박제상을 추증하고 미사흔을 맞이하며 불렀다는 『우식곡(憂息曲)』[56]에 서복 관련 내용이 나타난다.

우식곡 - 근심이 그쳤다

명주암투서불해(明珠暗偸徐市海), 서불의 바다에서 명주를 몰래 훔쳐내고,

열염상촉경투궁(烈焰上燭輕投躬). 치솟는 불꽃 속에 가벼이 몸을 던졌네.

신망절역유하원(身亡絶域有何怨). 일본에서 죽었지만 무슨 원망 있었으랴.

윗글에서 서불해(徐市海)는 일본을 가리키며, 명주(明珠)는 미사흔을 뜻한다. 문제는 『우식곡』의 진위 여부는 아직 확인할 수 없다는 점이다. 만일 이것이 사실이라면, 5세기에 서복의 일본 도착을 노래하는 것으로 매우 중요한 의미를 지닌다.

---

55) 신라 제19대 왕(재위 417~458). 성은 김씨(金氏)이며 눌지마립간(麻立干)이라고도 한다. 아버지는 제17대 내물왕(奈勿王)이며, 제18대 실성왕(實聖王)의 딸을 비(妃)로 맞았다. 자신을 해치려는 실성왕을 제거하고 왕위에 올랐다. 438년 우차법(牛車法)을 제정하였다. 455년 고구려가 백제를 공격하자 백제와 공수동맹(攻守同盟)을 맺고 백제에 원병을 보냈다. 재위 기간에 고구려의 묵호자(墨胡子)가 처음으로 불교를 전파하기 시작했다.

56) 이익(李瀷. 1681~1763), 『성호전집(星湖全集)』 권7, 해동악부(海東樂府), 「우식곡(憂息曲)」. 그는 서복과 관련한 언급을 하면서 우리나라 사서를 제외하고 인용하고 있는 중국 저서만 약 10종에 이른다. 『춘추좌전』, 『사기』, 『한서』, 『십주삼도기』, 『괄지지』, 『통전』, 『동고』, 『자치통감』 등이 그것이다. 그렇게 함으로써 '서복'의 진위 여부에 대해 실증적으로 밝히고자 노력했다.

2.

통일신라 말기 최치원(崔致遠. 857~미상)의 『고운집(孤雲集)』[57]에 서복 관련 내용이 2건이 있는데, 그 가운데 「주청숙위학생환번장(奏請宿衛學生還蕃狀). 숙위(宿衛)하는 학생을 번국(蕃國)[58]으로 방환해 주기를 주청한 장문」의 내용은 참고할 만하다. 이 글에서 최치원은 신라가 중국 황제를 모시는 제후국임을 유념하면서 제후국 중에 가장 뛰어난 나라였음을 강조하였다.

> *우리나라는 진한(秦韓)이라고 부르고 도(道)는 공자(孔子)와 맹자(孟子)를 흠모합니다. 그러나 은(殷)나라 태사(太師)인 기자(箕子)가 처음 가르칠 때도 잠시 몸소 친밀한 것만 보았고, 공자가 동이(東夷)에 살고 싶다고 할 때도 오직 말의 은혜만을 들었습니다. 담자(郯子)는 헛되이 먼 조상을 아꼈고, 서불(徐市)은 재주 없는 신선임을 부끄러워하였습니다. 이로써 수레와 글이 섞여서 같아짐을 축하하려고 했지만, 필설(筆舌) 또한 차이를 부끄러워 할 것입니다. 어째서인가 하면, 문체는 비록 벌레와 같은 자취를 취할지라도 토속의 소리는 새소리와 구별하기 어렵고, 글자는 겨우 결승(結繩)을 면할지라도 말은 진실로 비단 같은 모습과 어그러졌기 때문입니다. 모두 통역을 통해서만 비로소 유통될 수 있습니다. 천조(天朝)에 주달하거나 황제의 사신을 공경히 맞이할 때 반드시 서학의 분별에 의지하여 바야흐로 동이의 정서를 알렸습니다.*[59]

---

57) 『고운집(孤雲集)』은 고운(孤雲) 최치원(崔致遠, 857~?)이 당나라에서 신라로 귀국 후에 지은 저작을 후손들이 모아 간행한 것으로 신라와 당나라 양국의 역사는 물론 신라 말의 정치와 사회를 살피는 데 중요한 사료로서의 가치가 있다.

58) 중국(황제국)에 대해 스스로 '오랑캐의 나라'로 낮춰 불렀는데, 여기서는 '신라'를 말한다.

위 내용을 토대로 본다면, 최치원은 사마천의 『사기·진시황본기』에 실린 서복에 대해 이미 잘 알고 있었으며, 특히 서복이 우리나라에 들어온 적이 있었다고 인식했음을 알 수 있다. 하지만 이외의 자료가 없는 점으로 미루어 당나라 유학생들을 중심으로 이런 이야기가 퍼진 것은 아닐까 생각된다. 그들은 어째서 서복에 관심을 가졌던 것일까?

최치원, 그는 12살의 어린 나이로 아버지의 엄한 분부를 뒤로하고 신라를 떠나 당에 숙위학생으로 떠났다. 10년이 되도록 과거에 오르지 않으면 내 아들이 아니니 학문에 힘쓰라는 아버지의 말을 새기며 이국 땅, 그렇지만 과거에 오르면 출세할 수 있는 꿈의 땅인 당나라로 향했다. 최지원의 아비가 던진 이 말은 당시의 냉혹한 현실을 그대로 반영해준다. 당에서 숙위하던 학생들의 수학 기한은 10년이었다. 10년간의 수학 기간 동안 과거에 급제하지 못하면 고국 신라로 내쫓기게 되는데, 6두품 정도의 신분을 타고난 이들은 고국 신라에서 그 재능을 인정받기가 결코 쉽지 않은 처지였다. 그러므로 최치원의 아비는 과거에 급제하지 못하면 내 아들이 아니라고까지 다그치며, 아들을 독려할 수밖에 없었다. 과거가 그 아들의 앞날을 열어주는 길이며, 집안을 일으키는 유일한 길이었기 때문이었다. 건부 원년 갑오(874)에 예부시랑 배찬이 주관하는 과거에 한 번 시험으로 급제하여 선주 율수현위에 임명되었고, 치

59) 최치원, 「주청숙위학생환번장」: "當蕃, 地號秦韓. 道欽鄒魯, 然而殷父師之始教, 暫見躬親, 孔司寇之欲居, 唯聞口惠, 郯子則徒矜遠祖, 徐生則可媿頑仙. 是以車書欲慶於混同, 筆舌或慚於差異, 何者文體雖侔其蟲跡, 土聲難辨, 其鳥言, 字纔免於結繩. 譚固乖於成綺, 皆因譯導, 始得通流, 以此敷奏天朝, 祗迎星使, 須憑西學之辨, 方達東夷之情." 여기에서 완선(頑仙)이란 처음 선도(仙道)를 맛본 서투르고 어설픈 신선을 가리킨다.

적을 조사하여 승무랑 시어사 내공봉으로 승진시키고 자금어대를 내려주었다.

『삼국사기』에서는 관리로 등용되기 위해 애썼던 신라 시대의 육두품을 쉽게 찾아낼 수 있다. 우리는 당나라로 떠나기 직전의 최치원으로부터 과거 급제를 위해 노심초사하며 공부했을 변방의 초라한 육두품들을 읽어내면서 신분제 사회의 비애를 느끼기도 하고, 또 그들이 이런 사회에 대해 가졌을 저항에의 의지를 기대하기도 한다.

이러한 현실을 통해 그들이 이상향을 찾아 떠난 서복에 관심을 가진 것은 어쩌면 당연한 일이었다. 하지만 서복이 원했던 곳은 자신들의 이상을 펼칠 수 없는 당시 통일신라 땅이 아니었다. 서복이 정착한 이상향은 어디였을까? 어쩌면 서복이 찾던 이상향은 이 세상에 존재하지 않을 수도 있다는 생각에서 "서불은 재주 없는 신선임을 부끄러워했다"고 썼을 가능성을 배제할 수 없다.

여하튼 일본해를 '서불해'로 칭한 것으로 보아, 삼국시대부터 서복과 관련된 내용이 있었다고 생각할 수 있으며, 특히 통일신라 말기, 즉 9세기 중엽 이후 당나라 유학자들을 중심으로 서복이 우리나라에 왔을 수도 있다는 가능성을 열어두었다.

3.

통일신라 말부터 고려 중엽까지 서복에 관한 내용을 담은 작품은 찾아 볼 수 없지만, 고려 말~조선 초에 갑자기 서복과 관련된 작품들이 등장한다. 그리고 조선이 안정되면서부터 서복 관련 내용이 자취를 감췄다가 다시 임진왜란 전후해서 서복 관련 내용의 수많은 작품들이 대거 등장했다. 이 당시 서복 관련 내용은 거의 대부분 일본에서 들어 온 내용들이었다.

임진왜란 전후 작품 가운데 전쟁가사인 박인로(1561~1642)의 「선상탄(船上歎)」(1605)[60]에는 서복이 일본을 세웠다는 내용까지 등장한다. 이 작품은 1 수군으로 종군한 내용(전선에서 적진을 바라보는 내용), 2 배 만든 이에 대한 원망, 3 진시황과 서복으로 인한 왜국 형성에 대한 개탄, 4 배로 인한 풍류와 흥취(배의 유용성), 5 평화와 전시의 배(근심과 즐거움이 서로 다름), 6 해추흉모를 겪는 국운과 화자의 우국충정, 7 왜구를 무찌르고 말겠다는 무인다운 기개, 8 태평성대가 돌아오기를 바람 등 모두 8개 내용으로 구성되어 있다. 여기에 진시황과 서복, 일본과 관련된 내용을 옮겨본다.

---

60) 이 작품은 선조 38년(1605), 박인로가 통주사로 부산에 가서 왜적의 침입을 막고 있을 때 지은 전쟁가사이다. 임진왜란이 끝난 후이지만, 전쟁의 아픔과 왜적에 대한 적개심이 가라앉지 않은 때 지어졌다. 임진왜란 때 직접 전란에 참여한 작자가 왜적의 침입으로 인한 민족의 수난을 뼈저리게 되새기며, 왜적에 대한 근심을 덜고 고향으로 돌아가 뱃놀이를 하면서 즐겼으면 하는 뜻과 우국충정의 의지를 함께 표현한 것이다. 배의 유래와 무인다운 기개, 그리고 왜적의 항복으로 하루빨리 태평성대가 오기를 기원하는 내용도 아울러 표현되어 있다.

선상탄 - 배 위에서 탄식하다

진시황과 서불로 인한 왜국 형성 개탄

어즈버 ᄭᆡᄃᆞ라니 진시황(秦始皇)의 타시로다.
ᄇᆡ 비록 잇다 ᄒᆞ나 왜(倭)를 아니 삼기던들
일본(日本) 대마도(對馬島)로 뷘 ᄇᆡ 절로 나올넌가?
뉘 말을 미더 듯고 동남동녀(童男童女)를 그ᄃᆡ도록 드려다가
해중(海中) 모든 셤에 난당적(難當賊)을 기쳐 두고
통분(痛憤)ᄒᆞᆫ 수욕(羞辱)이 화하(華夏)에 다 밋나다.
장생(長生) 불사약(不死藥)을 얼ᄆᆡ나 어더 ᄂᆡ여
만리 장성(萬里長城) 놉히 사고 몃 만년(萬年)을 사도썬고?
ᄂᆞᆷᄃᆡ로 죽어 가니 유익(有益)ᄒᆞᆫ 줄 모ᄅᆞ로다.
어즈버 ᄉᆡᆼ각ᄒᆞ니 서불(徐市) 등(等)이 이심(已甚)ᄒᆞ다.
인신(人臣)이 되야셔 망명(亡命)도 ᄒᆞᄂᆞᆫ 것가
신선(神仙)을 못 보거든 수이나 도라오면
주사(舟師) 이 시름은 전혀 업게 삼길럿다.

아, 깨달으니 진시황의 탓이로구나.
배가 비록 있다고는 하나 왜국을 만들지 않았던들
일본 대마도로부터 빈 배가 저절로 나올 것인가?
누구의 말을 믿어 듣고 사람들을 그토록 많이 들어가게 해서 바다 가운데 모든 섬에 감당하기 어려운 도적(=왜적)을 남기어 두어서, 통분한 수치와 욕됨이 중국에까지 미치게 하는구나.
장생불사한다는 약을 얼마나 얻어내어 만리장성 높이 쌓고 몇 만 년이나 살았던가?
(그러나 진시황도) 남들처럼 죽어가니, (사람들을 보낸 일이) 유익한 줄을 모르겠다.
아, 돌이켜 생각하니 서불의 무리들이 매우 심하였구나.
신하가 되어서 남의 나라로 도망을 하는 것인가 신선을 만나지 못했거든 쉬 돌아왔더라면
수군인 나의 근심은 전혀 생기지 않았을 것이다.

4.

일본에서 서복과 관련된 특정한 지명이 등장함에 따라 우리나라에서도 서복과 관련하여 특정한 지명을 언급하기도 했다.

이를 처음으로 시도한 사람은 조선전기 신녕현감, 단양군수, 성주목사 등을 역임한 문신인 황준량(1517~1563)으로, 그의 「제포로부터 영등포로 건너가며(自薺浦渡永登)」라는 시에 '서생도(徐生島. 서복의 섬)'를 '거제도'로 특정했다.[61)]

자제포도영등(自薺浦渡永登)-제포로부터 영등포로 건너가며

제포성변곡우청 (薺浦城邊穀雨晴)	제포성 변방엔 때가 곡우인지라 날이 개이고
웅신강구만조생 (熊神江口晩潮生)	웅신(熊神, 곰신)이 강구에다 만조를 일으킨다.
기번서일산운란 (旗翻西日山雲亂)	나부끼는 깃발, 서녘에 기운 해, 산 구름 어지럽고
범결동풍해약경 (帆駃東風海若驚)	동풍에 돛단배 질주하니 바다가 놀란 듯,
암로용당릉각수 (巖老舂撞稜角瘦)	거센 물결에 익숙한 바위는 뾰족한 모퉁이 오뚝 세우고

61) 황준량(『금계집』)의 서복 관련 나머지 3건의 기사는 서복의 동도가 진시황의 폭정을 피하기 위해서였다는 내용 소개가 2건이며(① 내집 권4, 잡저, 「四皓有無辨」, "…진나라가 천하를 병합하고 분서갱유의 참화를 일으키자 선비들 중에는 먼저 기미를 알고 세상을 도피하는 이들이 많아졌다. 예컨대 徐市은 속세 밖의 術士였고 무릉도원은 피란한 유민들이 사는 것이었다." ② 외집 권8, 잡저, 「桃源辨」, "…진나라가 호시탐탐 삼키고 물어뜯으니 가혹한 정사가 뼈에 사무쳐 백성들이 놀라고 두려워하며 고통을 견디지 못해 서로 함께 그 땅을 피해서 禍에서 도망쳤으니, 四皓가 商山에 숨고 徐市이 東海로 들어간 것이 또한 바로 그 때이다."), 1건은 일반적인 언급을 기록한 내용이다.(외집 권1, 시, 「遊頭流山紀行篇」, "……童男不返徐市亡 靈區未許來凡庸…")

로신조설우의명(鷺新澡雪羽儀明)	해오라기는 물로 씻어 단장하니 날개 깃털 깨끗하다.
요간일발서생도(遙看一髮徐生島)	멀리 수평선 거제도가 한 올의 머리카락처럼 아득한데
상득구선채약행(想得求仙採藥行)	생각건대, 신선을 찾아서 약초나 캐러 갈까…

그리고 정온(鄭蘊, 1569~1641)은 제주도를 서복과 연결시켰다. 그는 조선시대 대사간, 대제학, 이조참판 등을 역임한 문신으로 본관은 초계(草溪), 자는 휘원(輝遠), 호는 동계(桐溪)다. 그의 작품집인 『동계집』에 서복과 관련된 내용이 있다.

거년금일입동지(去年今日入彤墀)	지난해 바로 오늘 대궐에 들어가서
배숙천은감루자(拜肅天恩感淚滋)	천은에 숙배하고 감격의 눈물 흘렸었지
불시성명환기후(不是聖明還棄朽)	성상께서 못난 나를 버리신 게 아니라
자연우천매추시(自緣愚賤昧趨時)	어리석고 천하여 시세에 어둡기 때문일세
천연객사승사해(天連客使乘槎海)	하늘은 객사가 뗏목 탄 바다와 이어졌고[62]
지접동남채약이(地接童男採藥夷)	땅은 동남이 선약을 캐러 온 곳에 닿았네[63]
반세승침혼일몽(半世昇沈渾一夢)	반평생의 영욕이란 한바탕의 꿈이었으니
불수초췌탄오쇠(不須憔悴歎吾衰)	초췌해도 나의 쇠함을 탄식하지 않으리라

---

62) 이곳 제주 하늘이 은하수로 통하는 바다와 이어져 있다는 말이다. 진(晉)나라 장화(張華)의 『박물지(博物志)』에 '은하수는 바다와 통한다고 하는데, 바닷가에 사는 어떤 사람이 해마다 8월이 되면 뗏목을 띄워 은하수를 오고 간다.'고 했다.

63) 이곳 제주 땅이 삼신산(三神山)과 닿아 있다는 말이다. 진시황이 서복을 시켜서 동남동녀(童男童女) 수천 명을 데리고 삼신산의 불사약(不死藥)을 캐어 오게 했다.

이 시는 정온이 제주 유배시절(1614~1623)에 남긴 시로, 제주도를 서복이 선약을 캐러 온 곳으로 특정했다는 점이 특징이다.

그리고 박태무(1677~1756) 역시 "…한라산이 가까이 있어 이미 오르지 않았는가(漢拏近已登臨否) 이곳은 진시황이 서불을 보내 선약을 캤던 유적지라(此秦皇帝遣徐市採藥遺處)…"[64]라는 시를 남겨 서복과 제주도를 연결시켰다.

연암 박지원(1737~1805)은, "…『황여고(皇輿攷)』에 이르기를 천하에 신선이 산다는 산이 여덟이 있으며 그중 셋은 외국에 있다고 했는데, 혹자는 말하기를 '풍악산은 봉래산이고, 한라산은 영주산이고, 지리산은 방장산이다.'라고도 하지요. 진나라 때 방사의 말에 삼신산에 불사약이 있다고 하였으니 이것이 바로 후세의 인삼(人蔘)입니다. 한 줄기에 가장귀가 셋이고, 그 열매는 화제주(火齊珠, 보석의 일종)와 같고 그 형상은 동자와 같은데, 옛날에는 인삼이라는 이름이 없었기 때문에 불사약이라 일컬어, 오래 살기를 탐내는 어리석은 천자를 속여 현혹되게 한 것이지요.…"[65]라고 하여 『사기·진시황본기』에 언급된 삼신산을 우리나라와 연결시켰다.

어째서 서복과 우리나라를 연결시켰을까? 이는 조선전기 신숙주의 『해동제국기』를 통해 서복 관련 사실이 더욱 자세히 알려지게 되면서부터다. 즉 서복은 일본 기이주에 도착했으며, 웅야산에 서복사가 있고, 서복을 권현수신으로 받들고 있다는 점이 소개되었

64) 박태무, 『서계집』 권3, 서, 「答鄭濟州言儒」: "…漢拏近已登臨否, 此秦皇帝遣徐市採藥遺處.…"

65) 박지원, 『연암집』 권3, 공작관문고, 「與人」, "皇輿攷所稱, 天下神山有八, 其三在外國, 或曰楓嶽爲蓬萊, 漢拏爲靈州, 智異爲方丈. 秦之方士所言, 三神山有不死藥, 此乃後世之人蔘也. 一莖三椏, 其實如火齊, 其形如童子, 故無人蔘之名, 故稱不死藥, 以誑惑貪生之愚天子."

다. 신숙주의 『해동제국기』에 소개된 서복 관련 내용의 영향으로 일부 조선의 학자들은 서복과 우리나라를 직간접적으로 연결시키기 시작했다. 일본에서는 '서복동도, 일본도착'은 이미 역사적 사실로 되어 있었기 때문에, 우리나라도 서복과 직간접적으로 연결시키기 시작하면서 '서복동도'는 차츰 역사적 사실로 변모되기 시작했다.

5.

조선 후기의 작품은 일부 실학자들이 '서복동도'에 대해 회의적인 입장을 취했지만, 결론은 조선전기와 마찬가지로 대부분 역사적 사실로 받아들이고 있는 입장에서 작품들을 남겼다.

조선 후기, 뜻밖에 이상한 유물이 남해안에서 발견되었다. 관심을 보인 것은 바로 일본 학자들이었다. 이 유물은 무엇이며, 어째서 일본의 학자들은 여기에 많은 관심을 보였던 것일까? 이제 다시 본서 제1장에서 소개했던 신비한 암각화로 눈을 돌려보자.

3-6. 신비한 암각화에 담긴 비밀

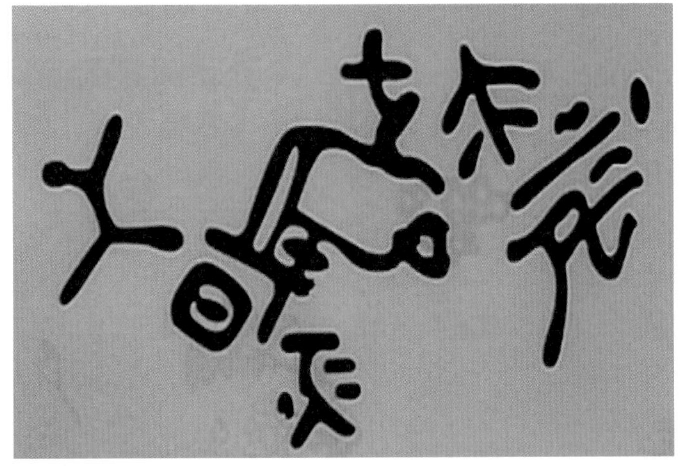

경상남도 남해군에 있는 금산(錦山)의 계곡 중턱 바위 위에 있는 암각화

이 암각화에 대한 내용은 오경석의 『삼한금석록』[66]과 1919년 조선총독부에서 편찬한 『조선금석총람』[67]에 수록되어 있다. 『삼한금석록』에는 이에 대한 중국인 금석문 전문가의 견해가 들어 있고, 『조선금석총람』에는 암각화의 탁본과 그 제목, 규격에 대한 내용만 전하고 있다. 암각화의 내용에 대해 『삼한금석록』과 『조선금석총람』에는 모두 서복관련 내용으로 기록하고 있다.

---

66) 오경석, 「금산석각발」, 『삼한금석록』, 국립중앙도서관 마이크로필름, 1981.

67) 조선총독부, 「南海傳徐市題名石刻」, 『朝鮮金石總攬』 (上), 조선총독부, 1919, 23쪽.

一二 南海 傳徐市題名石刻

所在 慶尙南道南海郡二東面良河里

年時

(地面ノ巖石ニ刻ス縱一尺五寸橫三尺二寸)

『조선금석총람』에 실린 남해 암각화

이와 같은 문양의 암각들은 경남의 남해와 제주도 및 일본 이키(壹岐)의 우시지로석실(牛城石室), 이즈모 쇼도오(出雲 書道)의 석굴(石窟), 치쿠고(築後) 미야타무라(宮田村)의 석실(石室), 홋카이도 오타루시(北海道 小樽市)의 데미야동굴(手宮洞窟) 등 여러 곳에서 발견되고 있다. 그래서 학자들은 이에 대한 연구를 시작했다. 하지만 그들 역시 서로 다른 의견을 제시할 뿐 이에 대한 의견 일치는 어려워 보인다. 이에 대한 연구 결과를 여기에 간단하게 정리하면 다음과 같다.

1. 서불(徐市. 서복(徐福)이라고도 함)이 남겨놓았다는 견해

이 견해는 하추도(河秋濤. 1823~1862)의 견해를 바탕으로 오경석(吳慶錫. 1831~1897)이 주장한 것으로, "서불기례일출(徐市起禮日出)"로 해석했다. 본서 제1장에서 언급했던 '◉'을 '日'로 해석하는 오류를 범했으나, 이 해석은 우리나라에 상당한 영향을 끼쳤기 때문에 이에 대해서는 조금 후에 본격적으로 다룰 예정이다.

2. 한국의 고대문자라는 견해

이는 정인보(鄭寅普. 1892~1950)의 견해로 "사냥을 하러 이곳에 물을 건너와 기(旗)를 꽂다"로 해독했다. 다시 말하면 한국 고대에 한 무리를 이끌었던 수장(首長)이 사냥을 하고 기념 표지를 한 것으로 보고 있다. 이 해석은 시라토리 쿠라키치(白鳥庫吉) 교수의 해독과 서로 같은 맥락이라 할 수 있다. 쿠라키치 교수는 홋카이도 오타루시의 데미야동굴 속에 있는 이와 유사한 암각화를 그림으로 보지 않고 고문자로 이해한 후 "나는 부하를 거느리고 큰 바다를 건너 …싸워서 …이 동굴에 들어왔다."고 해독했다.

3. 단군시대 신도문자(神道文字)

이는 최남선(崔南善. 1890~1957)이 주장한 것으로, 일본의 '수궁문자(手宮文字. 데미야동굴 문자를 학계에서는 수궁문자라고 함.)'와 한가지로 앞으로 좀 더 연구할 필요가 있다고 말했다.

4. 가야인들이 새긴 문자

이 견해는 서예가 이봉호(李奉昊) 선생이 주장한 것으로, 그는 "많은 선인(先人)들이 이 암각문자를 판독함에 있어 현장 확인이 부족했음인지 세로로 놓인 바위에 종서로 쓰인 것을 횡서로 읽어서 바른 해독이 불가능했던 것 같다"고 지적했다. 그리고 맨 왼쪽으로 나타나는 X형 암각을 "지금의 화살표와 같은 지난날의 방향

표시이다"고 해석하고 "저 방향으로 이런 사람이 배를 타고 노를 저으며 갔다"고 해독했다. 그는 여기서 "이런 사람은 서불(徐市)을 말한 것인데 그 당시는 그 사람이 서불인 줄 몰랐을 것이다"고 전제하고 "이 도의문자(圖意文字)는 서불이 쓴 것도 아니고 그 일행 중에 어떤 이가 쓴 것도 아니고 그들이 지나가고 난 다음에 원주민인 가야인이 그 사실을 기록으로 각(刻)해 놓은 것이다"고 하였다. 그는 그 문자의 주인공이 서불이 아닐 뿐이지 그 사람은 서불을 의미하고 있을 것이다라고 보고 이 각자는 우리나라의 고대 상형문자임을 부정할 수 없다고 주장하였다.

5. 『단군고기(桓檀古記)』의 가림다(加臨多. '가림토'라고도 함) 문자

『환단고기』 「소도경전본훈(蘇塗經典本訓)」과 「신시본기(神市本紀)」 등에 나오는 것을 보면 남해도 낭하리(浪河里는 良阿里의 잘못) 골짜기에 알 수 없는 각자가 있는데 "범자(梵字)도 아니고 전자(篆字)도 아니며 신지씨(神誌氏)가 만든 옛 문자가 아닌지 모르겠다"고 했다.

6. 거란족 문자

이것을 새긴 자들은 거란인들로, 그들은 행동하면서 길을 잃지 않기 위하여 표지해 놓은 도표(道標)라는 것이다. 이 같은 주장들은 어디까지나 추정일 뿐이지 그것을 뒷받침할만한 전거가 있는 것은 아니다.

7. 암각화

이것은 고문자가 아니며 스칸디나비아 반도나 아프리카, 인도 등 세계적으로 분포되고 있는 정착생활을 하던 선사시대의 농업과 어로문화의 소산인 농경민 미술로 밝히고 있다.

8. 성좌도(星座圖)

천상열차분야지도(天象列次分野之圖)68) 중의 일부분이라 주장하는 학자도 있다.

위 8가지 견해 가운데 가장 영향력이 있는 견해는 서불과 관련되었다는 첫 번째 견해다. 이제 이에 대해 구체적으로 살펴보자.

이 암각화를 서복의 방문과 연결 짓는 내용을 담은 기록으로는 『삼한금석록』의 「금산석각발(金山石刻跋)」과 『조선금석총람』에 수록된 「남해전서불제명석각(南海傳徐市題名石刻)」 이외에, 1924년에 제작된 오세창의 『임 남해각자』69)가 있다.

---

68) '천상열차분야지도'란 천상(하늘)의 모습을 '차'와 '분야'에 따라 벌여 놓은 그림이라는 뜻이다. 이것은 조선 왕조를 세운 태조가 새 왕조의 표상으로 천문도를 갖길 원해 서운관(書雲觀)에서 『중성기(中星記)』를 편찬한 다음 그에 따라 이 천문도를 직육면체의 돌에 석각했다. '천상열차분야지도'에서 '차'란 목성의 운행을 기준으로 설정한 적도대의 열두 구역을 말하고, '분야'란 하늘의 별자리 구역을 열둘로 나눠 지상의 해당 지역과 대응시킨 것을 뜻한다. 각석의 전체 구성은 크게 두 부분으로 나뉜다. 윗부분에는 짧은 설명과 함께 별자리 그림이 새겨져 있고, 아래 부분에는 천문도의 이름, 작성 배경과 과정, 만든 사람의 이름 및 만든 때가 새겨져 있다. 중앙에 있는 둥근 별자리 그림에는 중심에 북극을 두고, 태양이 지나는 길인 황도와 남북극 가운데로 적도를 나타내었다. 또한 황도 부근의 하늘을 12 등분 한 후 1,464개의 별들을 점으로 표시하였다. 이 그림을 통해 해와 달, 그리고 5행성(수성, 금성, 화성, 목성, 토성)의 움직임을 알 수 있고, 그 위치에 따라 절기를 구분할 수도 있다.

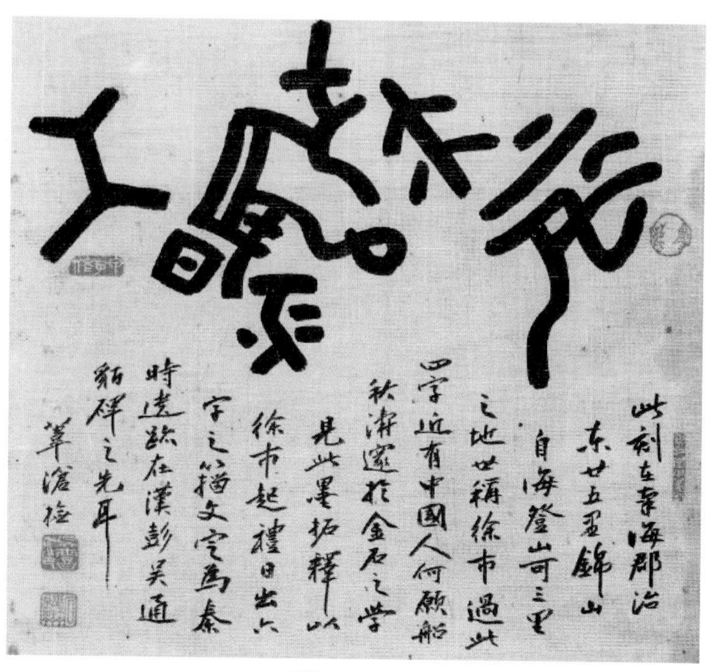

「임 남해각자」

위 「임 남해각자」 아래 부분에는 이 석각에 대한 해설을 달고 있으며, 그 내용은 다음과 같다.

此刻在南海郡治東廿五里錦山自海登山可三里之地世稱徐市過此四字近有中國人何願船秋濤邃於金石之學見此墨拓釋以徐市起禮日出六字之籀文定爲秦時遺跡在漢彭吳通貊碑之先耳 葦滄撫

이 석각은 남해군에서 동쪽으로 25리 떨어진 금산에 있는데, 이곳은 바다에서부터 오르면 3리 높이다. (이 석각은) 세칭 서불과차(徐市過此) 네 글자다. 금석학에 일가견이 있는 중국인 하추도(何秋濤.

---

69) 예술의 전당, 「임 남해각자」, 『위창오세창』, 한컴닷컴, 2001, 125쪽.

1823~1862)에게 이 탁본을 보이니 (그는) '서불기례일출(徐市起禮日出)'의 여섯 글자의 주문(籒文)으로 단정했다. 이것은 한나라 때 세워진 팽오 통맥비보다 이른 시기인 진나라 때의 유적이다. 오세창이 남기다.

이 설명대로라면 석각의 문자 모양이 진시황 때에 이사(李斯)에 의해 체계화된 소전(小篆)의 형태보다 이전의 것으로 일반적으로 대전(大篆)으로 알려진 주문(籒文)이라는 것이다. 하추도가 살았던 시대에는 주나라 이전인 은나라의 갑골문이나 그 이전의 문자들이 소개되지 않았던 때라 남해 석각의 글자들을 당시 알려진 가장 오랜 글자체인 주문으로 인식한 것 같다. 하지만 제1장에서 언급했듯이 이 암각화를 글자로 보기에는 문제가 많다. 특히 '[illegible]'을 '日'로 해석하는 큰 오류를 범했다.

오세창은 「임 남해각자」에서 하추도가 남해석각의 글자들을 '서불기례일출'이라고 해석했다고 하였지만, 정작 하추도는 『삼한금석록』에 수록된 「금산석각발」에서 여섯 글자가 아닌 네 글자로 인식하고, 그마저도 불분명하다고 하였다.70) 다음은 하추도가 남긴 글이다.

70) 오경석의 『삼한금석록』에 수록된 「금산석각발」의 첫 부분에 이 내용이 수록되어 있다.

錦山石刻跋　光澤何秋濤

右石刻四字書法奇古難以辯識不知為何代何人書吳君亦梅云在朝鮮南海縣治東三十五里錦山上臨海摩崖邑人稱秦徐市題名亦無確據舊無傳搨丁巳秋始得拓本摹以相示諭其書跡在篆隸之間以為秦漢時人所刻者近是古時文字無復師説如衡山岣嶁之碑昇元冊府之玉雖形模怪異不可強釋而墨搨流傳珍同拱璧海東自箕子設教漢武立郡聲名文物久已宣布乃世遠年湮多不可考亦梅好古嗜學著有三韓金石錄自南北朝以來石墨森列而魏晉以前之跡

『삼한금석록』에 수록된 하추도의 「금산석각발」

하추도의 해설을 보면, 남해석각의 문자들에 대해 '석각사자(石刻四字)'라 하여 석각의 글자 수를 네 자로 인식하고 있다. 계속하여 '서법기…부지위하대하인서(書法奇…不知爲何代何人書)'라 하여 그 서법(書法)이 기이하여 무슨 문자인지 알 수 없으며, 언제 누구에 의해 새겨진 것인지 모르겠다고 하였다. 게다가 이 석각에 대한 정보는 오경석으로부터 들어 알게 되었으며, 석각이 남아 있는 남해에서는 '서불제명(徐市題名)'으로 불리고만 있을 뿐 이를 뒷받침할만한 증거도 없고 전해지는 탁본도 없었다고 하였다.

따라서 오세창의 「임 남해석각」에서 이 석각의 내용에 대해 서복과 관련지으려는 시도는 근거가 불충분하다. 또한 그가 근거로 제시한 하추도의 견해와도 일치하지 않는다.

이러한 오세창의 「임 남해각자」의 글자 구성과 같은 자료가 1910년에 일본인 학자 쓰가하라(塚原熹) 교수에 의해 발표된 논문[71]에도 나타난다. 이 논문에 들어있는 문자 이미지는 제주 서귀포에 있는 서복유적이라고 소개하고 있다.

쓰가하라가 주장하는 제주의 서불유적 탁본

71) 塚原熹, 「済州島にある秦徐福の遺跡考(제주도에서의 진(秦)의 서불유적 考)」, 『朝鮮』 24호, 1910, 40~41쪽.

이 자료에 대해 쓰가하라는 이 글자군의 의미를 "서불과지(徐市過之)"라 하였다. 또한 그는 추사 김정희(金正喜, 1786~1856)가 제주에서 유배생활을 할 때 이것을 탁본하고 서예가인 정학교(丁鶴喬, 1832~1914)가 고증하였다는 설명과 함께 제주에 있는 서불유적이라 주장하였다. 그는 이 탁본을 입수하여 보니 탁본에 정학교의 설명이 들어 있었는데, 그 설명에 김정희가 제주에 유배 생활을 할 때 한 탁본이라고 쓰여 있었다고 하였다. 이 논문의 내용을 간략하게 소개하면 아래와 같다.

진시황은 선술을 즐겨 도사 서복(道士 徐福)에게 장생불사의 약을 일본에서 구해오도록 하였다. (중략) 지금 기이(紀伊)의 나라에는 서복의 비(碑)가 서있다. 그 유래는 쿠마노우라(熊野浦)로부터 상륙하였기 때문이었다. 서복이 동남동녀를 많이 이끌고 온 것은 그 나라의 가정(苛政)을 견디지 못하여 미리 난을 피하기 위한 것이었다. 버젓이 선약을 구해올 것을 구실로 내세우고 귀화(歸化)할 뜻을 지니고 도래(渡來)한 것이다. 그가 영주할 마땅한 곳을 찾자 그대로 일본에 귀화해 버린 것은 확실하다고 할 것이다. 한편 이와 관련하여 최근에 매우 진기한 탁본을 보게 되었다. 이 탁본 한쪽 귀퉁이에는 정학교(丁鶴喬)의 기문이 있는데 다음과 같다.

'진시황(秦始皇) 28년 방사 서불(徐市) 등은 동남녀와 더불어 삼신산(三神山)의 불사약을 구하기 위해서 바다에 들어와 조선국 탐라(耽羅)섬을 지나게 되었다. 마침 이곳 해안 석벽에 '서불과지(徐市過之)'라고 새겨놓았다. 이 '서불과지(徐市過之)' 4자를 새겨 놓은 지 2천 여 년이 흘렀다. 이제 이 고적이 어디에 있었는지 조차 알 수가 없게 되었고, 이곳을 찾아와도 탁본하여 전할 길마저 없게 되었다. 이 때 추사 김정희(金正喜) 선생은 여러 해 동안 이 섬에 묵으면서 많은 석각을

찾아 탁본을 하고 세상에 알렸다. 이 탁본도 그 가운데 하나라고 할 수 있다. 이에 옛 글을 즐기고 연구하는 사람들에게 도움이 되리라 믿는다.'

쓰가하라 교수는 이 탁본에 대하여 다음과 같이 설명하고 있다. "이 탁본은 지금부터 60~70년 전 조선의 석학 완당(阮堂) 김정희가 유배되어 귀양생활을 할 때 동국(東國)의 옛 금석(金石)을 탐구하였는데 그 때 제주도에서 우연히 해안의 해묵은 바위에 조각이 있음을 발견하고 이것을 탁본하여 여러 사람들에게 나누어준 것이다."

게다가 그는 이 '서불과지' 탁본의 경위와 해석을 추사의 제자 김준(金準)으로부터 들었다고 했다. 여하튼 들었다는 것이지 직접 본 것은 아니라는 것이다. 일본 학자가 어째서 여기에 관심을 가졌을까? 이 의문은 차치하고서라도 문제는 위 탁본은 '서불과차'가 아니라는 데 있다. 이 이유에 대해 간단하게 설명하자면,

첫째, 추사는 갑골문(甲骨文)을 본 적이 없다는 사실이다. 갑골문과 금문(金文)은 글자의 형태에서 볼 때 비슷한 부분이 매우 많다. 주(周)나라가 춘추전국(春秋戰國)이라는 혼란에 빠지자 각국에서는 자신들의 문자를 만들어서 사용하게 되었다. 그래서 진시황이 중국을 통일하고, 문자를 금문 형태로 통일시켰는데 이것이 소전체(小篆體)다. 그리고 진시황은 이 글자체로 석각을 남겼다. 이 글자체인지 여부는 최초의 자전(字典)인 허신(許愼)의 『설문해자(說文解字)』와 비교해보면 알 수 있다. 글자체를 비교해보면, 이 탁본은 결코 소전체와는 형태상 전혀 관련이 없다고 할 수 있다. 이 부분에 대한 내용은 본서 제1장을 참고하면 될 것이다.

둘째, 이 석각의 존재 여부를 제주 사람들이 알았더라면 제주에

부임한 목사들 가운데 한 명이라도 이 사실에 대해 쓴 내용이 있을 텐데 지금까지 찾아본 결과 발견할 수가 없었다. 지금까지 조사해 본 바에 따르면 최초에 석벽에 대해 소개한 지방지는 『통영지(统营志)』다. 이 지방지는 규장각도서 10876 해제에 의하면 1865년 이전에 편찬되었다고 할 수 있다. 이 책에는 "석벽에는 '서씨과차' 4개 글자가 새겨져 있다."72)라고 기록되어 있다. 여기에서 '서씨'는 '서복'을 가리킨다. 한편 1934년에 간행된 『통영군지(统营郡誌)』에는 "통영군 남쪽 바다에 떠 있는 해안 암벽에 '서불과적'이라는 것이 있다."73)라고 기록되어 있다. 여기에서 '서불(西市)' 역시 '서복'을 가리킨다.

셋째, 이와 관련하여 또 다른 일본인 학자인 아사미 린따로(淺見倫太郎)는 쓰가하라가 논문을 발표한 같은 해인 1910년에 『조선(朝鮮)』지에서 이 암각화를 1906년 서울에서 처음 보았다고 했다. 그로부터 3년 뒤인 1909년 11월에 다시 가보니 그것이 족자에 꾸며져 판매되고 있었다고 하였다. 게다가 글자체는 주나라 시대의 고기(古器)들에서 나타나는 것과 새겨진 형태가 비슷하다고 하였다. 하지만 이 암각화의 출처에 대해 제주인지는 알 수 없으며, 서불과 관련된 것이라는 근거를 찾을 수 없다고 하였다.74)

결론적으로 말해 서복과 관련된 가장 강력한 주장의 근거가 되는 이 암각화는 '서불과차'와 직접적인 관련성이 없다고 생각된다.

---

72) "石壁有西氏過此四字之刻。"

73) "在郡南大洋中海岸, 岩面有西市过跡云."

74) 淺見倫太郎, 「済州島に在る徐福の石壁文字」, 『朝鮮』 25호, 1910, 21~25쪽,

그리고 지금까지는 서복과 관련된 어떠한 구체적인 유적이나 유물이 발굴되지 않았다. 그러므로 한중일 삼국은 서복과 관련된 직접적인 유물과 유적 등이 발굴되기 전까지는 서복의 실체인물에 대해서는 역사적 사실이고, 그의 동도(東渡) 이후의 일에 대해서는 전설로 남겨두는 것이 바람직하다고 여겨진다.

그가 만일 일본에 갔다면 한반도의 서해안과 남해안 항로를 따라 갔을 것이다. 이제 그의 전설이 남아있는 서해안과 남해안으로 떠나보자.

제4장

아, 제주여

진시황의 사자 서복, 역사인가 전설인가

제4장

아, 제주여

4-1. 한국 도처에 남아 있는 서복 전설

서복 전설은 불로초를 찾기 위해 봉래(蓬萊), 방장(方丈), 영주(瀛洲)라는 삼신산을 찾아 나선 후 '평원광택(平原廣澤)'에 도착하여 그곳에서 왕이 되었다는 것으로 끝이 난다. 서복에 관한 전설의 시작은 여기에서부터다.

조사에 따르면, 서복 전설은 경기도와 전라남북도, 경상남도와 제주도에 남아 있다. 한국에 남아 있는 서복 전설과 관련된 곳을 살펴보니 다음과 같은 결론을 얻을 수 있었다.

1. 서복과 직접 관련된 지명 전설

- 제주도 서귀포
- 제주도 정방폭포
- 제주도 금당포의 조천석과 마애각
- 남해시 금산 각자
- 전남 구례군 마산면 냉천마을
- 전남 구례군 서시천

2. 이름의 유사성으로 인해 서복 관련설이 추정되는 지명

- 전남 진도군의 서시터
- 전남 고흥군의 서시밋등, 서싯등

3. 서복 일행이 지나갔을 것으로 추정되는 지명

- 인천시 덕적도 국수봉
- 인천시 백령도 선대암과 대청도, 소청도
- 전남 여수시 백도

4. 도교적 이상향인 삼신산과 관련된 지명(금강산, 지리산, 한라산의 주류 삼신산을 제외)

- 전북 고군산군도 선유도와 봉래구곡
- 전북 정읍 고부의 두승산
- 전북 고창군 방장산
- 전남 고흥군 나로도 봉래섬
- 전남 남원시 광한루와 삼신산
- 전남 구례군 지리산 지초봉

실로 한국의 서해안과 남해안에서 빼어난 자연절경을 자랑하는 곳에는 어김없이 서복 전설이 깃들어져 있다. 만일 이곳을 여행해 본 적이 있는 사람들이라면 어디서나 서복과 관련된 안내문을 보거나 혹은 관련된 내용을 들어본 적이 있을 것이다. 하지만 관련 내용을 읽어 보면 억지스러운 면이 없지 않음을 쉽사리 발견하게 된다. 예를 들면,

1.

전라남도 구례군 마산면 냉천마을도 서복과 관련된 전설이 있다. 냉천리는 지리산 어귀에 위치한 마을인데, 서불(서복)이 동남동녀 500명을 데리고 이 마을에 들러 샘물을 마셔보니 물이 너무 차서 '냉천(冷泉)마을'이라고 하였다.[75]

2.

거제도 와현(臥峴)마을의 유래를 보면, "진시황 신하가 해금강에 불로초를 캐러 많은 사람들을 데리고 왔다. 그리고 누우래 마을에서 유숙을 했다. '누우래'라는 마을 이름도 그래서 생겨났다"라는 것이다. 그곳 사람들은 와현(臥峴)은 신하 신(臣), 사람 인(人), 뫼 산(山), 볼 견(見)의 조합으로, 이는 신하인 사람(진시황의 신하인 서불)이 불로초를 캐러 가기 위해 산을 바라보다라고 해석하고 있다.

3.

거제도에 서복이 불로초를 캐기 위해 제를 올렸다고 전해지는 '우제봉(雨祭峰)'이 있다. '우제봉'을 마을 사람들은 서가람산(徐伽藍山)이라고 부르는데, 가람은 절터를 뜻하는 말로, 서불이 은둔한 곳이라 이름 붙여졌다는 주장이다. 우제봉은 불로초를 캐기 위해 산신과 바다신께 기우제를 올린 장소로 알려져 있다. 또한, 해금강

75) 구례군청 홈페이지 자료실 — 마을유래항목참고. http://www.gurye.net/gurye/info/유래.htm

본 섬 북단에는 사자바위가 있는데, 이 사자암을 옛적엔 '굴레섬'이라 했다고 한다. 굴레는 그네의 사투리로, 서복이 해금강의 천년송 바위와 사자암에서 그네를 타고 노닐었다고 해서 이름 붙여졌다고 한다.

거제도 우제봉 1　　거제도 우제봉 2

이성의 시각으로 전설을 마주하게 되면 그 안에는 이해하지 못할 내용이 너무도 많다. 전설은 전설의 시각으로 바라볼 때 전설 속 인물들의 생생한 이야기가 우리들 앞에 펼쳐지게 된다.

나는 잠시 생각을 해본다. 어째서 서복은 제주에 갔을까? 진시황이 중국을 통일시켰던 지금으로부터 약 2200여 년 전, 당시에 제주라는 섬에 대해 알았던 사람들이 있었을까?

4-2. 서복의 고향, 제주

이제부터 서복의 고향 제주에 대해 여행을 떠나보자. 일부 독자들은 '서복의 고향이 제주라고?' 의아하게 생각할 것이다. 그렇다. 서복의 고향은 제주다. 왜 그럴까? 지금부터 이에 대한 비밀을 하나씩 풀어보자. 서복은 제(齊)나라 사람이었다. 제(齊)나라는 어떤 나라였을까? 이 답은 고문자에 숨겨져 있다. 다음은 졸고 「암각화 부호와 고문자 부호와의 상관성 연구 II - 內蒙古 암각화 부호 '◇'를 중심으로-」[76]의 내용을 요약한 것이다.

고대 중국인들은 스스로 자신들의 땅을 '제주(齊州)'라 부르고, 그 중심이 되는 곳을 '대(岱)' 혹은 '태대(泰岱)'라고 불렀다. 여기서 '태대'는 '태산(泰山)'을 가리킨다. 즉, 중국인들의 관념 속에는 '제주'는 천지 한가운데 자리잡고 있고, 그 중심에는 '태대(태산)'이 있다.[77] 서복은 제나라 사람이다. 그러므로 그는 바로 제주인이었던 것이다.

엘리아데의 주장에 따르면, 세계의 중심산은 고대 인도의 수미산(須彌山), 이란의 하라베레자이티, 게르만 민족의 히밍비요르산, 메소포타미아 전승의 '여러 나라의 산', 팔레스타인의 타보르산, 기독교인들의 골고다, 이슬람 전승의 카바(Ka′aba) 등을 들 수 있다. 여기에서 열거한 중심산 중에서 팔레스타인의 타보르(Thabor)산의 이름은 '배꼽'을 의미하는 '타부르(tabbur)'에서 유래했으며, 팔래스타인의 또 다른 중심산인 게리짐(Gerizim)산은 '대지의 배꼽(tabbur eres)'이라고 따로 불리워진다고 한다.[78] 따라서 우주 '산'의 정상은 단순히 땅의 가장 높은 지점을 가리키는 것만 아니라, 땅의 '배꼽'으로서 천지창조의 시작 지점이기도 하다. 그렇기 때문에 고대인들은 이와 같이 태생학에서 빌려온 듯한 용어들을

76) 졸고, 「암각화 부호와 고문자 부호와의 상관성 연구 II - 內蒙古 암각화 부호 '◇'를 중심으로-」, 中國語文學誌 Vol.38, 2012.

77) 하신, 홍희 역, 『신의 기원』, 동문선, 1993. 110쪽.

78) 마르치아 엘리아데, 이재실 역, 『이미지와 상징』, 까치글방, 1998. 49쪽.

가지고 '중심'이라는 상징체계를 표현한 것으로 보인다.79)

중국의 중심산은 제주(齊州)에 있는 산으로, 그곳은 바로 태산(泰山)이었다. 이 내용은 고문자 분석을 통해서도 확인할 수 있다.

1. '제(齊)'자의 의미

'齊'의 갑골문 자형80)	
'齊'의 금문 자형	

제(齊)자에 나타난 '◇'은 무엇을 뜻할까? 전 세계적으로 구석기시대부터 출현하기 시작한 암각화 부호는 신석기시대, 청동기시대, 철기시대를 거치면서도 그 형태상의 변화가 거의 없는 점으로 미루어 볼 때, 암각화 부호는 형태적인 측면에서 계승성을 지니고 있다고 할 수 있을 것이다. 특히 중국 소수민족이 거주하고 있는 지역과 같이 비교적 원시적 형태의 경제체제를 유지하고 있는 경우에는 더욱더 이러한 특징이 두드러지게 나타나는데, 내몽고 초원에 있는 암각화 부호는 원시적인 목축경제의 특징을 그대로 반영하고 있어 암각화에 나타나는 문화적 부호는 형태상에서 거의 변화 없이 후대에 전승되어 오고 있다는 사실에 주목할 필요가 있다.

이러한 암각화 부호 가운데 현재 우리나라를 포함한 전 세계적으로 발견되고 있는 부호 '◇'를 예로 들어 볼 수 있다.

---

79) 마르치아 엘리아데, 심재중 역, 『영원회귀의 신화』, 이학사, 2005. 26~27쪽.

80) 『古文字詁林』6冊, 559~560쪽 자형 참고.

부호 ‘◇’는 우리나라의 천전리 암각화, 시베리아의 레나 강변에 있는 쉬쉬키노 암각화,[81] 알프스 산맥 베고 산의 ‘기적의 계곡’이라고 알려진 암각화,[82] 미국 캘리포니아 주의 Smugglers 협곡에 있는 Anza-Borrego 주립 공원이나 Baker 댐 주변 등지의 암각화 및 멕시코의 Tomatlan 강변의 La Penda Pintada 유적지 등지의 암각화[83] 등에서 발견된다.

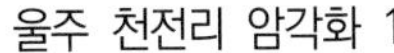

울주 천전리 암각화 1　　울주 천전리 암각화 2

송광익은 그의 석사논문 『한국 선사시대 암각화의 일 연구』에서 부호 ‘◇’ 는 대지와 음(陰) 그리고 여성을 상징하는 것으로 보았다. 특히 ‘◇’ 중앙의 가운데를 파낸 것과 중앙에 선을 이은 것 등은 생식기의 구체적인 표현으로 인식하고, 풍요와 다산, 번식 그리고 수확을 기원하는 주술적인 의례와 긴밀히 관련된 것으로 보았으며, 부호 ‘◇’ 는 ‘□’ 부호의 변형이라는 주장을 제시하였다.[84]

---

81) 아리엘 골란, 정석배 옮김, 『선사시대가 남긴 세계의 모든 문양』, 푸른역사, 2004.

82) 조르주 장 저, 김형진 옮김, 『기호의 언어-정교한 상징의 세계』, 시공사, 1999. 16쪽.

83) Alex Patterson, 『A field guide to Rock Art Symbols of the Greater Southwest』, Colorado: Johnson Books, 1992. 83쪽.

이와는 달리 김열규는 『한국문학사』에서 암각화 속에 그려진 '◇'과 '세로로 나누어진 타원형'을 각각 남녀의 상징으로 보고, 이 두 형상이 서로 어우러져 있는 모양을 두고 '원시인의 성스러운 포르노그래피'라는 견해를 주장하였다.[85] 정동찬은 『살아있는 신화 바위그림』에서 암각화 속의 기하학적인 형상, 그 가운데서도 특히 둥근 무늬와 '◇' 그리고 물결무늬 등은 대부분 남자와 여자의 상징물로서 물과 비를 상징한다고 하였다.[86]

이외에 장명수는 기존의 연구 성과를 토대로 겹 동그라미는 태양의 상징으로서 풍우를 주관하는 천신을 의미하며, 갈라진 '◇'은 성(性)을 상징하는 기호로 보았다. 또한 홑 혹은 겹 '◇'이나 타원형을 세로로 갈라놓았거나 구멍을 판 것은 여근(女根)을 상징하는 것이라고 하였다.[87] 시베리아 레나 강변에 있는 쉬쉬키노 암각화

---

84) 송광익, 『한국 선사시대 암각화의 일 연구』, 계명대학교 교육대학원 석사논문, 1978. 그의 이러한 주장의 이면에는 하늘은 둥글고 양(陽)을 상징하고, 땅은 네모나고 음(陰)을 상징한다는 음양(陰陽) 사상이 깔려 있다. 하늘은 남성으로서의 아버지이고, 땅은 여성으로서 어머니를 상징한다는 것이다.

85) 김열규, 『한국문학사』, 탐구당, 1983. 108~151쪽. 그는 세로로 나누어진 타원형이 여성이라면, 그에 대립하는 ◇을 남성으로 보았던 것이다. 그의 주장은 각지고 뾰족한 것은 남성적인 것이고 부드럽고 원만한 것은 여성적인 속성을 지닌 것으로 보는 A. 르루아 구랑식의 기호관(르루아 구랑은 65개 이상의 동굴과 2000점 이상의 회화와 조각을 재조사한 결과, 야생동물은 말을 중심으로 하는 A그룹(남성을 상징)과 들소를 중심으로 하는 B그룹(여성을 상징)으로 나뉘어 살며, B그룹은 항상 동굴의 중심부에 위치하고 있으면서 A그룹에 의해 둘러싸여 있었다고 주장했다. 이에 더 나아가 회화(繪畵) 이외의 여러 가지 기호들도 남성과 여성으로 구별했다. 이와 같은 분석의 결과 암각화 구석기시대인의 다산(多産)과 번영에 대한 염원을 표현한 것이라는 해석에 따른 것이라고 할 수 있을 것이다.

86) 정동찬, 『살아있는 신화 바위그림』, 혜안, 1996.

87) 장명수, 『한국 암각화의 편년, 한국의 암각화』, 한길사, 1996. 179~227

에도 말 생식기 아래에 '◇'가 나타나는데,88) 이에 대해 러시아의 고고학자 오클라드니코프(Okladnikov, A. P.)는 이러한 구성을 풍요의 상징으로 풀이하면서 이와 같은 모티프의 그림이 라 퀘라시 동굴 벽화나 몽골의 호이트 쳉헤르의 그것과 동질의 것이라고 보았다.89)

이탈리아 발카모니카에서 발견된 바위그림 프랑스 오트피레네 로르테 동굴에서 발견된 짐승의 뿔에 조각된 것

이 그림들에 대해서 엠마누엘 아나티는 왼쪽의 바위그림은 암컷을 나타내는 성기부호(○, ·, +)가 그려진 것으로 보아 커다란 암컷 사슴이라 해석했고, 오른쪽의 '◇'은 암컷을 나타내는 부호로 보았다.90)

그런데 동물의 생식기 부근에 '◇'이 나타나는 유사한 예들이 이후의 다른 미술과 공예품들 사이에서도 관찰되고 있다는 점에 우

쪽; 장명수, 「한국 암각화에 나타난 성 신앙 모습」, 『고문화』 제50집, 1997. 10쪽; 장명수, 『한국 암각화의 문화상에 대한 연구』, 인하대학교 박사논문, 2001. 장명수는 송광익의 견해를 수용하여, 태양의 상징인 동그라미와 짝을 이루는 '◇'을 여성으로 보았다.

88) 아리엘 골란, 앞의 책.

89) А. П. Окладников, 『Олень-Золоты рога』, Москва: Наука. 1964.

90) 엠마누엘 아나티 지음, 이승재 옮김, 『예술의 기원』, 바다출판사, 2008.

리가 주목 할 필요가 있다. 예를 들면, 다게스탄의 가크바리 마을에 있는 돌 위에 산양의 생식기 아래에 '◇'이 겹쳐져 새겨져 있고, 그루지아의 청동기나 자수 속에 표현된 말 그림 다리 사이에도 유사한 형태가 보인다.[91] 이 점에 대해 아이엘 골란은 '◇'을 여성의 상징으로 보았다. 그리고 수컷의 다리 사이에 그려진 '◇' 문양은 신석기시대에 땅의 기호에서 청동기 시대에 이르러 지신(地神)으로 변화하였고, 땅의 상징인 '◇'은 여성의 상징으로, 수컷의 다리 사이에 그려진 '◇'은 풍요를 염원하는 상징이 되었다고 보았다.[92] 이외에 미국 캘리포니아 주의 Smugglers 협곡에 있는 Anza-Borrego 주립 공원이나 Baker 댐 주변 등지의 암각화에도 세로로 연결된 '◇'이 나타나는데, Alex Patterson은 '◇' 부호를 방울뱀을 표현하는 다이아몬드 체인으로 보았다.[93]

따라서 이러한 논의를 종합해 보면, 암각화에 새겨진 부호 '◇'는 여성의 생식기를 나타내는 부호라고 볼 수 있는데,[94] 내몽고 암각화에 새겨진 부호 '○', '◇', '⊙'은 여성 생식기를 나타내는 성(性)부호라고 주장한 개산림(盖山林)의 주장[95]은 이를 뒷받침하

91) 아리엘 골란, 앞의 책.

92) 같은 책. 389~390쪽.

93) Alex Patterson, 앞의 책. 83쪽.

94) 암각화 부호 '◇'이 여성을 상징하고 있다는 것은 수컷 동물과 같은 남성의 상징물과 결합되어 있기 때문이다. 즉, 암각화에 그려진 수컷 동물의 다리 사이 혹은 등 위에 그려져 있기 때문에 '◇'은 여성을 상징한다고 볼 수 있다. 게다가 동물의 다리 사이에 '◇'을 구성시킨 유사한 예들은 이후의 여러 민속품이나 돌기둥 등에서 확인할 수 있다. 그것은 성스러운 여성으로서 생명력과 안녕을 상징한다고 볼 수 있을 것이다.

95) 개산림(盖山林. 1936. 9~2020. 2. 9), 만주족, 하북성 행당현 출생, 내몽고자치정협부주석 역임. 중국의 저명한 고고학자이자 암각화 연구가로 『화림벽이한묘벽화(和林格爾漢墓壁畫)』, 『음산암각화(陰山岩畫)』, 『중국암

기에 충분하다고 보여진다.

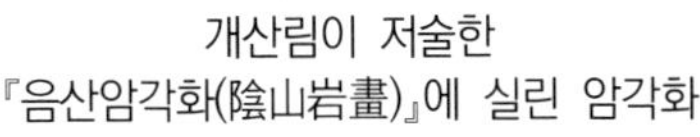

개산림이 저술한
『음산암각화(陰山岩畫)』에 실린 암각화

개산림이 저술한
『중국암각화학(中國岩畫學)』에 실린
암각화

그렇다면 부호 '◇'를 단독으로 문자로 사용하였을까 만일 문자로 사용되었다면 어떠한 의미로 사용되었을까? 수메르 문자에서는 '◇'과 그 변형들(⟠, ◇◇)이 보이는데, '◇'은 빛과 낮을 의미하며, '⟠'은 모태를, 그리고 '◇◇'은 자손을 뜻한다고 한다.96) 그리고 시나이 문자 속에서도 '□'과 '◇'이 보이는데, 이것은 입(口)을 의미하고 있는 것으로 해독하고 있다.97) 중국 고문자인 갑골문과

각화학(中國岩畫學)』 등 40여 학술 저서를 출간했다. 그래서 현재 중국에서는 "중국 암각화의 대부"라고 불린다. 이 내용은 개산림(蓋山林), 개지호(蓋志浩)가 공동 저술한 『내몽고 암각화의 문화 해석(內蒙古岩畵的文化解讀)』(北京圖書館出版社, 2002) 468쪽을 참고했다.

96) 世界の文字研究會編, 『世界の文字の図典』, 東京: 吉川弘文館, 2005. 8쪽.

97) 같은 책, 70쪽.

금문에도 ‘◇’이 있지만 현재 이것이 무엇을 나타내는지는 해석이 분명치 않으며,[98] 이에 대한 연구도 미미한 형편이다.

지금까지 ‘◇’ 부호의 상징적 의미를 살펴보았다. 이는 여성과 관련된 부호이고 또한 생명과 관련된 부호로 볼 수 있는데, 그렇다면 제(齊)자에 보이는 세 개의 마름모(◇)인 ‘[illegible], [illegible], [illegible], [illegible], [illegible], [illegible], [illegible]’ 역시 ‘여성’과 ‘생명’을 뜻하는 부호로 사용되었을까? ‘◇’ 밑에는 어째서 선(줄)이 그려져 있을까? 어째서 하나로 연결된 것일까? 이제 글자 ‘제(齊)’자의 의미를 살펴보자.

한자의 본래의 의미를 이해하기 위해서는 121년에 편찬된 허신(許愼)의 『설문해자(說文解字)』를 참고할 필요가 있다. 이 책을 토대로 ‘제(齊)’자 및 ‘제(齊)’자가 결합된 글자들을 분석해보면 ‘제(齊)’자의 의미가 드러난다. 제(齊)자의 의미에 대한 분석 결과는 아래와 같다.

- 하나, ‘제(齊)’자는 ‘평평하다’, ‘가지런하다’는 뜻이다.

  『설문·제부』의 설명에 따르면, “제(齊), 벼와 보리 이삭이 위로 평평하게 자라난 모습이다. 상형문자다.”[99]라 하여 ‘평평하다’를 본의로 하였다. 그리하여 ‘齊’자가 들어있는 한자인 ‘제(儕)’자를 『설문·인부』에서 “제(儕), 동년배다.”[100]라 풀이하였고, ‘제(齋)’자를 『설문·의부』에서 “제(齋), 옷을 가지런하

98) 徐中舒主編, 『甲骨文字典』, 사천서사출판사, 1998, 699쪽. 자형분석은 “◇, 疑卽日字”(◇은 ‘日’字가 아닐까 한다), “◇, 義不明.”(◇의 의미가 무엇인지는 불분명하다)라 하였다. 갑골문에서도 금문과 마찬가지로 인명(人名)으로 사용된 것 같다.

99) 『설문(說文)·제부(齊部)』: “齊, 禾麥吐穗上平也. 象形.”

100) 『설문(說文)·인부(人部)』: “儕, 等輩也.”

게 꿰매다."[101]라 풀이하였다.

- 둘, '제(齊)'자는 '배꼽', '중심'이라는 뜻이다.

『설문』에서 '제(齊)'와 결합한 한자 중에서 『설문·육부』에 있는 '제(臍)'자를 보면, "제(臍), 배꼽이다."[102]라고 풀이한 것으로 보아, '제(齊)'자는 '배꼽', '중심'이라는 의미도 지니고 있다고 할 수 있다.[103]

- 셋, '제(齊)'자는 '자르다'는 뜻이다.

『설문·화부』에 있는 '재(穧)'자를 보면, "재(穧), 벼를 베다"[104]로 풀이했고, 『설문·도부』에 있는 '劑'자를 보면 "제(劑), 자르다"[105]라고 풀이했다.[106]

---

101) 『설문(說文)·의부(衣部)』: "齎, 緶也."

102) 『설문(說文)·육부(肉部)』: "臍, 朏齎也." 『古文字詁林』4冊, 434쪽에 실린 마서륜(馬敍倫)의 설명을 참고하면 된다. 『좌전(左傳)·장공6년(莊公六年)』에 "後君噬齊."(후에 왕께서 배꼽을 씹히는 괴로움을 당할 것이다.), 『황제내경(黃帝內經)·소문(素問)·기병론(奇病論)』에 "環齊而痛, 是爲何病?"(배꼽 주위가 아픈데, 이는 무슨 병입니까?)라는 문장에서 '제(齊)'는 모두 '제(臍. 배꼽)'이라는 의미로 사용되었고, 『장자(莊子)·외편(外篇)·달생(達生)』에 "與齊俱入"(물의 소용돌이에 따라 들어간다.)에서 '제(齊)'는 '소용돌이'의 뜻도 가지고 있어, '제(齊)'자는 인체 몸통의 중앙에 소용돌이처럼 패인 배꼽의 형상을 연상하게 한다.

103) 『이아(爾雅)·석언(釋言)』에서 "殷齊, 中也."라 하였고, 『이아(爾雅)·석지(釋地)』의 "岠齊州以南."에 대하여 『소(疏)』는 "齊, 中也. 中州爲齊州. 中州猶言中國也."라고 하였다. 또한 『열자(列子)·황제편(黃帝篇)』의 "華胥氏之國, 不知斯齊國幾千萬裏."에 대하여 『주(註)』는 "斯, 離也. 齊, 中也."라고 하였다. 이러한 사실로 볼 때, '제(齊)'는 '중심'이라는 뜻을 내포하고 있음을 엿볼 수 있다.

104) 『설문(說文)·화부(禾部)』: "穧, 穫刈也."

105) 『설문(說文)·도부(刀部)』: "劑, 齊也."

106) 『의례(儀禮)·기석(旣夕)』의 "馬下齊髦."에 대하여 『註』는 "齊, 剪也."라고 한 것으로 볼 때, '齊'는 분명 '자르다'는 의미를 내포하고 있다고 볼 수 있다.

즉, 『설문』에 있는 '제(齊)'자의 의미는 '동등하다', '평평하다' 이외에도, '배꼽', '중심', '자르다' 등이라고 할 수 있다. 이와 같은 '제(齊)'자의 의미소(意味素)를 바탕으로 추측해보면 '배꼽', '중심', '자르다' 등 세 개의 의미소는 모두 '탯줄'과 관련되어 있다고 보여진다. 왜냐하면 '탯줄'을 자르면 배꼽이 생기고 배꼽은 인체의 중심에 위치하고 있기 때문이다. 여기에서 더 나아가 석기시대 모계 씨족사회에서 같은 자궁에서 태어난 탯줄들은 모두 '동일한 씨족' 이므로 '동등하다', '평등하다'라는 의미로 확대된 것이 아닐까라는 추측이 가능하다.

고대 중국인들은 스스로 자신들의 땅을 '제주(齊州)'라 부르고 그 중심이 되는 곳을 '대(岱)'라고 불렀으므로 이제 '대(岱)'자의 의미에 대해서 살펴보자.

2. '대(岱)'자의 의미

대(岱)자의 의미에 대해 분석한 결과는 아래와 같다.

- 하나, '대(岱)'자는 '크다'는 의미다.
  『설문·山部』에 "대(岱), 큰 산이다."[107]라고 풀이한 것으로 보아, '岱'자는 '크다'는 의미를 지니고 있다.[108]
- 둘, '대(岱)'자는 '태아', '아이를 배다'는 의미다.

107) 『설문(說文)·산부(山部)』: "岱, 太山也."

108) 단옥재(段玉裁), 『설문해자주(說文解字注)』, 上海古籍出版社, 1999. 437~438쪽에 나와 있는 "大作太者俗改也. 域中最大之山, 故曰大山, 作太作泰皆俗. 釋山曰, 泰山為東嶽. 毛傳曰, 東嶽岱. 堯典 至於岱宗 封禪書郊祀志曰 岱宗泰山也 禹貢職方皆曰岱. 在今山東泰安府泰安縣北. 從山代聲."라는 설명으로 보아 '岱'는 '크다'는 의미를 지니고 있다고 볼 수 있다.

『풍속통』에 "대(岱), 아이를 배다."[109]라고 풀이한 것으로 보아, '岱'자는 '태아', '아이를 배다'는 의미를 지니고 있다.

- 셋, '대(岱)'자는 '길다'는 의미다.

『풍속통』에 "대(岱), 길다."[110]라고 풀이했다.

'크다', '길다', '태아'라는 '대(岱)'자의 의미소를 바탕으로 추측해보면 '태아를 길게 이어줘서 자라게 하는 것', 이것 역시 '제(齊)'자와 마찬가지로 '탯줄'과 관계가 깊다.

따라서 위 제(齊)자와 대(岱)자의 내용을 종합하면, 고대 중국인들은 생명이 잉태되어 시작되는 곳(岱)을 세상의 중심(齊)으로 여겨 그곳에 거주하였다. 세상의 중심은 '제(齊)'이고, 인체의 중심 역시 '제(齊)'이다. 따라서 '제(齊)'의 본의(本義)는 인체의 중심인 '배꼽'을 뜻하는 '제(臍)'라고 할 수 있다. 이러한 추론이 맞는다면, 갑골문의 '齊'자에 있는 '◇'부호는 바로 '생명의 잉태와 시작', '생명의 탄생', '탯줄'과 밀접한 관계가 있는 부호라고 추정할 수 있을 것이다.

사람들은 어째서 부호 '◇'를 세 개 결합한 형태(◊◊◊)로 '배꼽'을 나타냈을까? 그 비밀은 탯줄에 있다. 다음은 탯줄 단면도 모습이다.

109) 漢語大詞典編纂處 編, 『康熙字典』(標點整理本), 上海: 上海辭書出版社, 2007. 248쪽 재인용. 『風俗通』: "岱, 胎也. 宗, 長也. 萬物之始, 陰陽之交, 觸石, 膚寸而合, 不終朝而徧雨天下, 故為五嶽之長."

110) 徐中舒 主編, 『漢語大字典』, 成都: 四川辭書出版社, 2010. 卷一. 767쪽 재인용. 『風俗通·山澤』: "岱者, 長也. 萬物之始, 陰陽交代, 雲觸石而出, 膚寸而合, 不崇朝而徧雨天下, 其惟泰山乎, 故為五嶽之長."

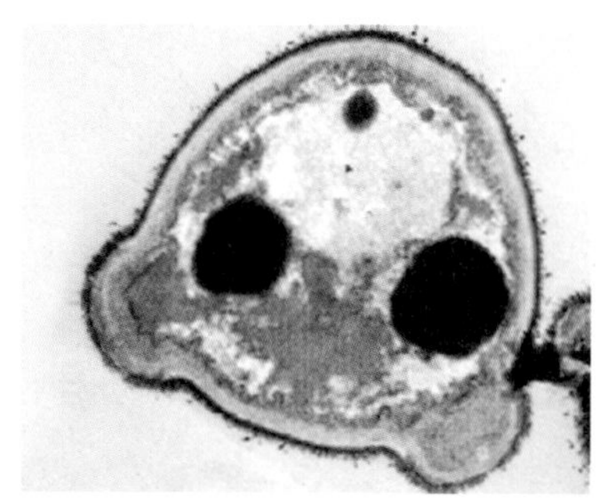
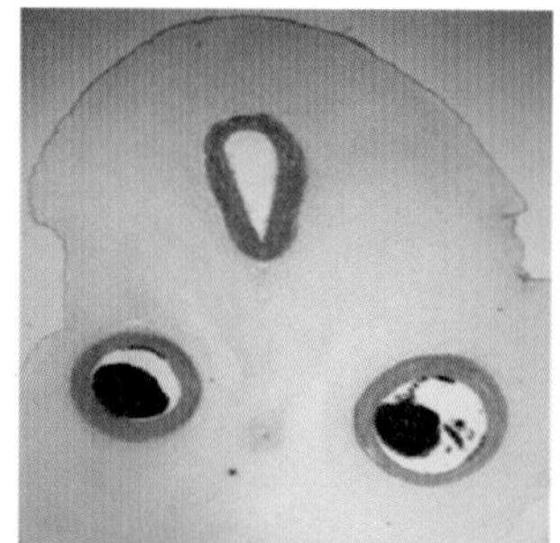

탯줄단면도 모습

탯줄 단면도 모습과 배꼽 제(齊.)의 모습이 서로 닮았다. 탯줄 단면도를 거꾸로 하면() 우리 얼굴 모습과도 매우 닮았다. 삼태극(三太極) 모양, 탯줄, 빛날 경(囧)자의 그림문자 등은 우리들에게 시사(示唆)하는 바가 매우 크다.

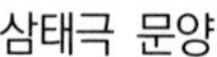

삼태극 문양

갑골문과 금문의 囧(경)자

결론적으로 말하자면 제(齊.)자는 배꼽을 나타낸다. 그러면 한 가지 의문이 생긴다. 어째서 '口' 세 개를 모아 '品'으로 하지 않고 '◇' 세 개를 모아 ''처럼 했느냐는 것이다. 그 이유는 '품(品)'자[111]는 이미 만들어졌기 때문이고, 또 다른 이유는 '◇'은 생

111) 품(品)은 성품(性品), 품성(品性) 등의 한자어에 사용된다. 그러므로 이 역시 본래 가지고 있는 성질, 타고날 당시의 성질을 나타내므로 이 역시 '생명의

명과 밀접한 부호이기 때문이다.

배꼽, 중심, 생명, 탯줄 등의 문화를 품은 제(齊)자, 그리고 사람들이 살아갈 수 있는 곳 제주(齊州), 그곳에는 중심산이 있다. 바로 태산이다.112)

제주에 있는 태산(泰山), 태(泰)자에는 어떤 의미가 숨겨져 있을까? 이 역시 암각화에서 그 비밀을 찾아야만 한다.

내몽고 음산(陰山) 암각화

이미 제1장에서 설명했듯이, 이 암각화를 보면 남성과 여성이 확연하게 구분된다. 남성을 글자로 나타내면 태(太)자고, 여성은 대(大)자다. 원래 대(大)자는 다산(多産)한 위대한 여성을 나타냈었는데, 청동기시대로 접어들면서 남성이 여성의 지위를 차지하게 되었다. 그러자 여성을 나타냈던 대(大)자는 차츰 남성의 뜻도 나타내게 되었다. 시간이 흘러 글자로 역사를 기록하는 시기에 접어들자, 대(大)자는 남성과 여성을 모두 나타냈다.

다음 그림문자는 클 태(泰)자다.

시작'과 일정 부분 관계가 있다.

112) 졸저, 『에로스와 한자』, 문현, 2015. 310~314쪽.

토기에 새겨진 泰(태)자

갑골문에 있는 泰(태)자

소전 泰(태)자

토기에 새겨진 그림문자는 ‘성숙한 여성’을 의미하는 대(大) 밑에 다시 대(大)가 있고, 갑골문의 그림문자는 대(大) 밑에 머리를 크게 강조한 ‘’가 있는데, 여기에서 ‘’는 ‘어린 아이’를 나타낸다. 왜냐하면 갓 태어난 아이들의 가장 중요한 특징은 ‘다른 신체에 비해 머리가 크기’ 때문이다.

갑골문과 금문의 자식 자(子)113)

소전에 이르러서는 어린아이 대신 ‘양손()’과 ‘물()’이 첨가되었다. 어떠한 장면이 떠오르는가! 토기에 나타난 여성 밑에 여성은 ‘대가 이어짐’을 나타낸 듯하고, 갑골문에 나타난 여성 밑에 어린 아이는 ‘여성이 출산하는 장면’이 연상되며, 소전에 나타난 여성 밑에 양손과 물은 ‘여성이 출산할 때 양수가 터져 나오는 장면’이 떠오른다. 그렇다. 이것은 뱃속의 아이가 자라서 지금 막 세상 밖으로 나오는 출산 장면을 묘사한 것이다. 우리말에 ‘태어나다’가 있다. ‘태어나다’의 ‘태’가 바로 클 태(泰)자다. 그러므로 태산(泰山)

113) 자(子)자는 ‘아기가 양 팔을 움직이는 모양’을 그린 글자다. 아기가 양 팔을 움직이지 않는 모양을 그린 글자는 마칠 료(了)자다. ‘마치다’는 것은 ‘끝나다’는 의미로, 이는 아기 생명이 다했다는 것을 보여준다. 그래서 양 팔을 움직이지 않는 모습을 그린 것이다.

이란 모든 생명을 주관하는 여성산을 의미한다.

태산

대묘(岱廟)에서 바라보이는 태산의 모습

태산 근처에서 수많은 성현(聖賢)들이 태어났다. 태산에서 남쪽으로 버스를 타고가면 약 1시간 거리에 곡부(曲阜)가 있는데 여기에서 공자(孔子)가 태어났고, 그곳에서 다시 버스를 타고 남쪽으로 약 1시간 정도 가면 추성(鄒城)이 있는데 여기에서 맹자(孟子)자가 태어났다. 태산은 중국 역사문화의 시원(始原)이 되는 그런 곳이다.

'제주'든 '태산'이든 모두 생명과 밀접하게 관련된 단어들이다. 제주는 '세상의 중심'을 나타내기 때문에, 그곳에는 지형적으로 배꼽 모습이 분명히 보이는 곳인 '세 개의 구멍'이 있어야 한다. 그래야만 제(齊. ◊◊◊)가 완성되기 때문이다.

중국지도의 산동성 위치

산동성 제남시와 태안시 위치

태산이 있는 태안시에서 버스를 타고 북쪽으로 2시간 여 달리면, 산동성 성도(省都)인 제남시(齊南市)에 도착하게 된다.

제남시에는 천성광장(泉城廣場)이 있는데, 이곳은 제남시의 상징으로 많은 사람들이 이곳에 모여 태극권도 하고 태극선도 하며 태극검도 하는 곳이다. 우리는 태극권만 있는 것으로 알고 있지만, 맨주먹으로 하면 태극권, 손에 부채를 들고 하면 태극선, 손에 검을 들고 하면 태극검이라고 한다. 여하튼 이곳은 천성(泉城)이란 이름에서 보듯이 땅속에서 샘솟는 물(泉)이 매우 많은 도시(城)란 의미다. 그 가운데 가장 독보적인 아름다움을 뽐내는 곳은 표돌천(趵突泉)이다. 표돌천에서 물이 펑펑 솟아오르는 곳을 자세히 보면 커다란 '세 개의 구멍'이 있음을 발견하게 된다. 표돌천의 세 개의 구멍, 이것이 바로 제(齊. ◊◊◊)자를 완성시킨 상징물이다.

천성광장

표돌천

여기서 잠시 샘 천(泉)자가 상징하는 바가 무엇인지에 대해 알아볼 필요가 있다. 이에 대해 살펴보기 위해서는 어두울 명(冥)자 혹은 분만할 만(娩)자와의 비교가 필요하다.

갑골문 천(泉)자

갑골문 명(冥)자 혹은 만(娩)

어두울 명(冥)자는 부수가 덮을 멱(冖)자로, 자궁과 아이 그리고 두 손으로 아이를 받아내는 모습을 그린 글자다. 명(冥)자의 갑골문을 보면, 윗부분( )은 자궁을, 자궁 안에 있는 중간부분( )은 아이를, 아랫부분( )은 두 손을 그려, 자궁에서 나오는 아이를 두 손으로 받아내는 모습을 사실적으로 잘 묘사했다. 그래서 갑골문 당시에는 '아이를 낳다'는 뜻으로 쓰였다. 그러므로 명(冥)자는 생명이 탄생하는 곳인 자궁을 말한다.

자궁은 우리들의 짧은 지식으로는 그 신비로움을 설명할 수 없는 곳이다. 모든 생명의 시작, 내 생명의 시초, 내가 어떻게 태어나게 되었는지 생명의 시원에 대한 생각이 곧 명상(冥想)이고, 생명의 시원으로 돌아가는 것이 바로 명복(冥福)이다.

혹자는 이 글자를 분만할 만(娩)자로 풀이했다. 내용은 위와 마찬가지로 아이를 받아내는 모습이다. 만(娩)자를 자세히 보자. 그러면 면할 면(免)자의 의미를 엿볼 수 있을 것이다. '면하다'는 '벗어나다'는 의미로 즉, 면할 면(免)자는 여성이 아이를 낳았으므로 정신적·육체적 고통에서 벗어났음을 의미한다.

위 갑골문을 자세히 보면 명(冥)자 혹은 만(娩)자의 ' '과 천(泉)자의 ' '은 같은 모습이다. 그러므로 샘 천(泉) 역시 여성의 자궁을 나타낸 한자로 볼 수 있다. 자궁, 물, 생명. 이런 추정은 동일한 의식에서 나온 단어들로 모두 여성을 상징한다.

지금까지 서복의 고향인 제주를 살펴봤다. 제주는 세상의 중심이기 때문에 인체의 중심에 있는 '세 개의 구멍으로 된 배꼽'이 있어야 하며,[114] 또한 그곳에는 생명을 주관하는 '어머니 산'이 있어야만 한다.

4-3. 제주를 찾아서

서복, 그는 고향으로 돌아갈 수 없는 운명이었다. 진시황이 위독하다는 소식을 들었지만 진시황만이 문제가 아니었다. 당시 권력자들은 모두가 그를 기다리고 있었던 것이다. 불로장생초, 그것은 모든 이들의 꿈이었기 때문이었다.

그는 방사였다. 우주 만물의 이치를 깨닫고, 천문과 지리에 능통했으며, 생명의 이치를 그 누구보다 잘 알았기에 이 세상에 '불로초'가 없다는 사실을 그가 모를 리 없었다. 그러므로 불로초를 구하고 돌아오겠다는 그의 약속은 이미 실현 불가능했다. 진퇴양난에 처한 그는 그의 고향인 '제주'로 돌아갈 수는 없음을 직감했다. 그래서 고향인 제주와 지리적으로 비슷한 곳을 찾아 헤맸다. 왜냐하면 그곳은 세상의 중심이자 생명의 시원이기 때문이었다. 그곳이야말로 자신의 영생을 꿈꿀 수 있는 그런 곳이었다. 그는 가는 곳마다 생명의 시원인 '제(齊)'자에 나타난 세 개의 구멍(◊◊◊)을 찾기 위해 노력했다.

그는 발해만을 거쳐 압록강 하구에 도착했다. 그리고 해류를 타

114) 옴파로스(그리스어: ὀμφαλός)는 고대의 종교적인 돌 유물 또는 예배 장소이다. 옴파로스는 그리스어로 '배꼽'을 의미한다. 그리스 신화에 의하면 제우스가 2마리의 독수리를 날려 2마리는 세계를 가로질러 날아 세상의 중심에서 만난다. 옴파로스는 이 위치를 나타내는 것으로서 지중해 각지에 세워져 있으며, 델포이의 옴파로스가 가장 잘 알려져 있다. 이렇듯 '배꼽'은 '세상의 중심'을 의미한다.

고 평안남도에 있는 오목도에 이르렀다. 다음으로 대동강 하구에 위치한 패강에 이르렀고, 황해남도 장진구에 다달았다. 그곳 사람들이 말하길 서쪽 바다에 신선이 사는 섬이 있다고 했다. 그래서 그는 일행들을 이끌고 서쪽 바다로 나아갔다. 과연 그곳에는 절경을 이루는 섬이 있었다. 그는 백령도 선대암과 대청도와 소청도를 아무리 둘러보아도 세 개의 구멍(◊◊◊)을 찾을 수가 없었다. 다시 한반도 개성의 서남부에 위치한 마전도와 강화도 고사도를 거치면서도 끝내 찾을 길이 없었다.

다시 서쪽의 깊고 큰 바다에 위치한 덕적도로 향했다. 그의 발길이 닿는 곳마다 어김없이 새로운 식물과 그곳 지형이 그에게 보고되었다. 그는 식물을 관찰하고 맛을 보면서 '불로장생초'인지 여부를 확인함과 동시에 그곳이 탯줄 형상의 세 개의 구멍이 있는지를 살폈다. 하지만 그곳에서도 탯줄 형상을 찾을 수가 없었다. '제(齊)자처럼 세 개의 구멍이 뚫린 곳은 어디에 있을까?' 그는 끝까지 그곳을 찾아보기로 했다. 그래서 다시 경기 화성군 지역에 위치한 당은포로 향했다.

그리고 다시 해류를 타고 남쪽으로 이동했다. 그는 해류의 끝에 다다르고 싶었다. 그곳이라면 그가 그토록 찾아 헤매던 '제주'가 있을 것만 같았다. 선유도와 봉래구곡을 지나 진도에 다다랐다. 진도 남쪽으로 뱃머리를 돌렸지만 망망대해라 다시 진도로 돌아온 후 남해안의 섬들을 따라 다시 동쪽으로 이동했다. 한반도 남해안에 펼쳐진 다도해, 그는 그곳 경치에 홀린 듯 여기저기 둘러보았다. 그리고 계속해서 한려해상으로 나아갔다. 그곳에서 남해 금산에 올라 둘러본 후 갑자기 남쪽에서 이상한 기운을 느꼈다. 그는 남쪽으로 갈 결심을 했다. 해류를 타고 가다보면 분명 그가 그리던 바로 그곳에 도착할 것만 같았다.

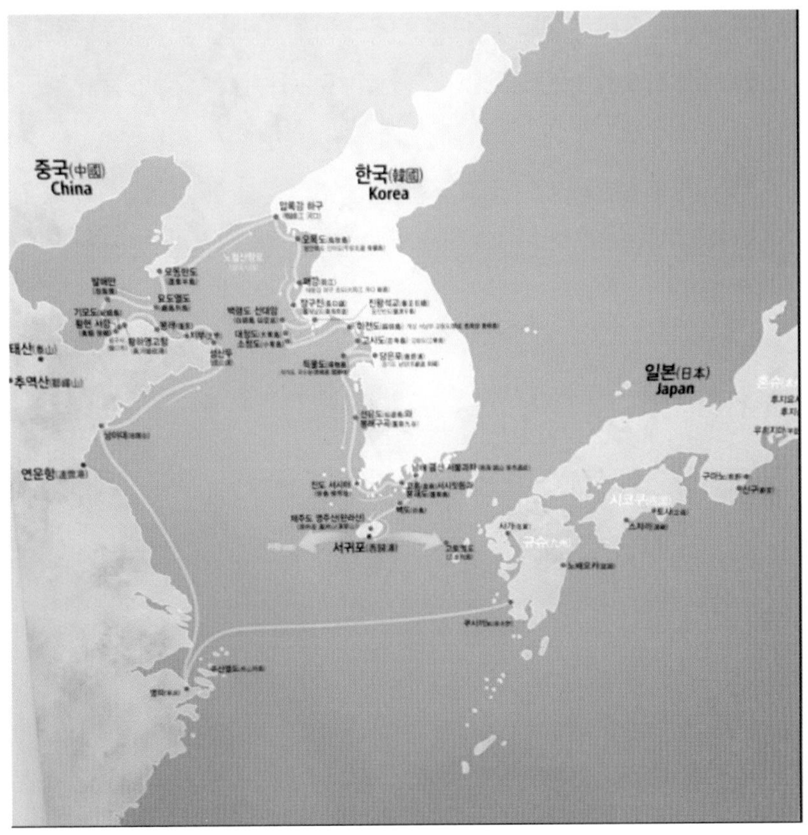

제주 서복전시관에 있는 서복 일행의 항로

다시 남서쪽으로 이동하다가 백도(白島)에 도착했다. 이제 심장이 두근거리기 시작했다. 남서쪽 어딘가에서 그를 부르는 것만 같았다. 그곳을 지나 남서쪽으로 이동하니 거문도가 나왔다. 하지만 그가 찾는 곳이 아니었다. 다시 남서쪽으로의 기운이 강하게 느껴졌다. 이제 그는 해류와 해풍에 모든 운명을 맡겼다.

남서쪽으로 방향을 정하고 출항한 지 며칠이 지났다. 하지만 망망대해뿐이었다. 그때 뱃머리에서 갑자기 누군가가 앞쪽을 향해 가리키면서 소리쳤다. 하늘과 수평선이 맞닿은 곳에 '점'이 나타났다가 사라졌다. 파도가 심했다. 다시 자세히 보니 그곳에 분명 '점'이 있었다. 서복은 직감했다. 저곳이 바로 자신이 찾던 곳이라고.

수평선 너머로 아득히 보이는 점

배가 속도를 낼수록 심하게 흔들렸지만, 그 '점'은 점점 커지기 시작했다. 그는 음식과 풍악을 준비하게 했다. 수많은 산해진미로 가득한 음식과 힘찬 풍악소리, 그것으로 거친 파도를 일으키는 용왕을 달랬다. 하지만 거센 파도는 그치지 않았다. 아마도 저 '점'을 지키는 수많은 신들이 서복일행의 접근을 막는 듯했다. '점'은 어느새 운무(雲霧)에 가린 산의 형상으로 나타나기 시작했다. 그러자 그는 더욱 큰 소리로 음식과 풍악을 준비하도록 했다.

밤새도록 풍악을 울리니 하늘과 바다가 그의 기도에 감응해서인지 거친 파도가 차츰 낮아지더니 어느새 잔잔한 바다가 되었다. 그는 섬에 도착했다. 그도 모르게 눈물이 흘러내렸다. 하늘을 보니 이제 막 동이 트려고 붉은 빛을 내비쳤다. 그는 일어나 앉아 하늘에 기도했다. 그리고 섬에 닿자마자 시종들에게 하늘에 제사를 지내기 위한 음식을 준비하도록 했다. 그의 마음속에는 이곳에 분명 세 개의 구멍(◇◇◇)이 있을 것이라는 생각이 강하게 솟아올랐다.

제5장

제주 속 서복 전설

진시황의 사자 서복 역사인가 전설인가

제5장

제주 속 서복 전설

5-1. 금당포(金塘浦)[115]

서복은 제사를 준비하라 명하고는, 시종을 시켜 제사 때 쓰일 시초(蓍草)와 거북이를 준비하도록 시켰다. 시종은 근처에 있는 용천수[116]로 가서 시초를 잘 씻어 옆에 가지런히 둔 다음, 거북이를 산채로 잡았다. 그리고는 까칠까칠한 풀을 뜯어 거북이배껍데기를 반들반들하게 문질렀다. 그 다음 시초와 거북이배껍데기를 정성스

금당포구와 용천수

조천 앞바다

115) 조천(朝天)포구

116) 조천읍은 제주도에서 비교적 용천수가 풍부한 지역이다. 조천리 용천수는 약 40여 개로 제주도내 마을 중에서 가장 많은 것으로 알려져 있다.

럽게 제단 앞으로 가져다놓았다. 서복은 가만히 앉아 있다가 용천수로 가서 목욕재계를 했다.

둥둥둥, 북소리와 함께 연기가 하늘로 솟아올랐다. 연기가 하늘에 닿을 즈음 시초점을 치기 시작했다. “천지신령이시여, 이곳에서는 찾을 수 있겠습니까?” 점을 친 결과 길(吉)이었다. 그는 송곳과 같은 쇠꼬챙이를 찾았다. 그리고는 그것을 불에 달구기 시작했다. “천지신령이시여, 이곳에서는 찾을 수 있겠습니까?” 하늘로 모락모락 피어오르는 연기를 보면서 손으로는 거북이배껍데기를 자신 앞에 가져왔다. 모든 풍악소리가 멈췄다. 그는 달궈진 쇠꼬챙이를 거북이배껍데기에 갖다 대자마자 ‘폭’ 소리[117]와 함께 금이 가기 시작했다. ‘폭’ 소리로 이미 정해졌지만 다시 확인하는 차원에서 금간 부분을 뚫어져라 살펴봤다.[118] 점괘는 길(吉)이었다. 그가 하늘에 감사의 절을 올릴 때, 다시금 풍악소리가 온 천지를 진동시켰다.

희망(希望). 희(希)자는 점괘(爻. 자신의 미래)를 수건(巾)으로 덮어버린 모습이다. 일반인들에게 있어서는 미래에 대한 부지(不知)가 곧 희망이었지만 그는 지금 미래를 알고 싶어 했다. 아니 알아야만 했다. 그에게 지금 필요한 것은 안식이었다. 진시황의 손아귀

117) 달궈진 쇠꼬챙이를 움푹 파인 거북이배껍데기에 갖다 대면 “폭” 소리와 함께 쇠꼬챙이가 ‘푹’ 들어가게 된다. 이것을 그림으로 나타낸 것이 점칠 복(卜)자다. 점친 내용을 입(口)으로 말하는 것이 바로 점 점(占)자다. 지금으로부터 약 3,000여 년 전 점(占)자의 발음은 ‘그럼’이다. 우리말 ‘그럼’, ‘그래’ 등은 바로 여기에서 나왔다.(졸저, 『이것이 글자다』, 문현, 2015. 88~89쪽.)

118) 달궈진 쇠꼬챙이를 움푹 파인 거북이배껍데기에 갖다 대면 “폭” 소리와 함께 쇠꼬챙이가 ‘푹’ 들어가게 된다. 이때 ‘움푹’ 들어간 곳에서 “쫙”하고 금이 간다. 이것을 그림으로 나타낸 것이 바로 조짐 조(兆)자다. 지금으로부터 약 3,000여 년 전 조(兆)자의 발음은 놀랍게도 ‘쫙’이다. 우리말 ‘쫙’, ‘쩍’, ‘쭉’, ‘직’ 등은 바로 여기에서 나왔다. 갑골문 속에 우리의 소리들이 그대로 들어 있다는 점은 실로 놀랍고도 놀라운 일이다.(졸저, 『이것이 글자다』, 문현, 2015. 107~108쪽.)

에서 벗어난 후 한 순간도 편히 숨을 쉴 수가 없었다. 그래서 그는 최선을 다해 점을 쳐서 미래를 알고자 했던 것이다. '그래, 여기에 있어.'

좋은 점괘를 준 이곳은 그에게 새로운 희망으로 다가왔다. 그는 다시 시종을 시켜 돌조각상을 만들도록 하고는 그곳에 '조천(朝天)'이란 두 글자를 새기도록 했다.119)

제주대학교 박물관 조천석

제주시 산지천 조천석

---

119) 일설에 따르면, 서복은 금당포(조천포) 바위 위에 '조천석'이라 새겼다고 한다. 그 바위는 고려시대 조천관 건립공사 때 매몰 된 것으로 전해진다. 1976년 발간된 김보현의 『조천지(朝天誌)』에 따르면, 예부터 조천(朝天)은 관(館) 또는 조천관(朝天館)이라고 불렸다. 제주향교 교수(教授) 곽기수(郭期壽)가 1591년에 쓴 『조천관 중창기(朝天館 重創記)』에 의하면, 관(館)이 탐라의 동쪽 25리 포구에 있어서 육지부로 출륙(出陸)하는 사람들의 풍향관측소였다고 한다. '조천'이라 이름 한 것은 '조천관'이 있었기 때문에 '조천관ᄆ을'이라 하다가 '관'을 생략하여 '조천마을'이라 하였다. 『세종실록』(21년 윤이월 임오)에서부터 조천관을 확인할 수 있다. 또한 제주도 설화에 나오는 '설문대할망'이 육지와 다리를 놓으려던 곳이 조천 바닷가에 있는 '엉장매코지'이다. 이런 설화가 생겨난 이유도 바로 조천이 육지와 교통을 연결하는 해로(海路)의 중심지였다는 사실에 기인하지 않을까 한다.

하늘에 제사를 지낸 후 금당포 주위를 둘러보았다. 그때 백로가 서복 일행 주위에 날아들었다. 근처에 조그마한 섬[120]이었는데, 주위로는 습지로 되어 있었고, 오리류와 백로류가 그곳에 가득 앉아 있었다. 철새들이 쉬어가는 섬, 이것을 본 순간 서복은 자신도 철새와 같다는 생각이 불현 듯 스쳤다. 며칠 간 그곳에 머무르면서 일행은 여정의 피로를 풀었다. 주위에는 사람의 그림자조차 보이질 않았다. '무인도일까?' 하지만 그는 이곳에는 분명 사람이 살고 있음을 느꼈다. '그래, 이 정도 피로를 풀었으면 됐다. 떠나자, 세 개의 구멍을 찾으러.' 하지만 어느 방향으로 가야 할지 그는 정할 수 없었다. 밤이 되자 그의 시선은 하늘로 향했다. 지금까지 모든 길을 알려줬던 하늘을 보며 '어디로 가야 찾을 수 있지? 어디로 가야 찾을 수 있을까?'를 수없이 되뇌었다. 그러자 하늘이 대답해주었다. 우선 북두칠성을 향해 가라고! 하늘의 대답을 얻은 후 주위를 둘러보았다. 칠흙 같은 어둠 속에서 서쪽 방향에 북두칠성과 비슷한 봉우리가 어렴풋이 눈에 들어왔다. 그날 밤 그는 떠날 방향을 정한 후 시종들에게 내일 떠날 채비를 갖추라고 명하고는 깊은 잠에 빠져들었다.

다음날, 서복은 일행 가운데 일부는 이곳에 남아 배를 수리하고 돌아갈 때 필요한 음식을 장만하도록 했다. 그리고 일부는 동쪽으로 이동하면서 찾아보도록 했다. 그는 나머지 일부를 데리

---

120) '대섬'이다. 한자어로는 '죽도'다. 이곳에는 조상의 지혜가 엿보이는 원담이 있고, 철새들이 좋아하는 습지도 있다. 대섬 가장자리에는 해송림과 갈대림이 발달되어 있다. 특히 대섬 남동쪽의 습지(일명 관물)는 용출수와 바닷물이 교차되는 공간으로 오리류, 백로류 등의 물새들이 휴식처로 이용하는 것이다. 봄과 여름에는 백로들이 집단적으로 이곳에서 휴식을 취한다. 백로류는 제주도 전역의 해안조간대, 저수지, 마을 연못 등에서 흔하게 관찰되며, 조천읍에서도 대섬을 비롯하여 남생이 못에서도 쉽게 만날 수 있다.

고 해안선을 따라 어제 정한 서쪽으로 향했다. 해안은 그야말로 절경이었다.

그는 빼어난 풍광을 뒤로 한 채 발걸음을 재촉했다. 바로 앞에 북두칠성처럼 보이는 삼첩칠봉이 눈앞에 들어왔기 때문이었다.

신촌리 닭머르 신촌리 남생이 못

5-2. 원당봉(삼첩칠봉)

그곳에는 신성한 나무인 곰솔이 가득했다. 삼나무와 보리수나무 그리고 아카시아, 비목나무, 예덕나무, 쥐똥나무 등 혼재림을 이루고 있었으며, 환삼덩굴, 강아지풀, 망초, 억새 등 초본층이 가득했다. 여기저기 족재비와 고슴도치, 다람쥐 등이 보였고 노루도 뛰어 놀고 있었다. 자세히 보니 사람들이 오갔던 흔적도 보이는 듯했다. '혹시 사람이 있을까?' '사람들이 있다면 이 섬의 형세에 대해 물어보면 시간을 단축할 수 있을 텐데...' 그는 사람의 흔적을 좇으면서 주봉의 정상으로 향했다.

원당봉에서 바라본 주변 전경

갑자기 마음이 편안해졌다. 주봉 정상에 오를수록 신성함이 느껴졌기 때문이다. 그가 예상한 바와 마찬가지로 과연 정상의 중앙부에는 신성한 동물인 거북이 모양의 연못이 있었다.121)

원당봉 정상 연못(거북못) 자라가 있는 원당봉 정상 연못(거북못)

그는 시종에게 "이곳은 신성한 곳이므로 훗날 이곳에서 영험한 일이 발생할 것이다. 이것을 기록하라."122)라고 했다. 시종은 좀

121) 원당봉 분화구에 큰 연못이 있다. 절이 시설되기 전까지 이 연못은 자연못이었고 논으로 이용되기도 했다고 한다. 이 연못은 1653년에 이원진이 편찬한 『탐라지』에 "산봉우리에 못이 있는데 거북못이라고 한다. 못에는 마름, 거북, 자라가 있고 큰 가뭄에도 마르지 않는다."라고 한 것으로 보아 1600년대에는 이 못의 이름을 '거북못'이라고 했던 것임을 알 수 있다. 그러나 지금 주민들 사이에 주로 '원당못'으로 불리고 있다.

122) 원당사지가 위치한 원당봉은 삼첩칠봉(三疊七峰)이라 하여 제주도의 명산 가운데 하나로 꼽히는데, 전설에 의하면 태자(太子)가 없어 고민하던 중국 원

의아했지만 아무 말 없이 그대로 기록했다. 서복은 연못 주위를 둘러보면서 밤에 이곳에 다시 올라오리라 다짐하고는 다시금 먼 하늘을 바라봤다. 그러자 저 멀리 검은 모래가 펼쳐진 해안가가 눈에 들어왔다. 날이 어둑어둑해지자 서복 일행은 서둘러 산에서 내려와 검은 모래 해안가로 향했다. 그곳은 넓어서 야영하기에 충분했기 때문이었다.

검은 모래 해안가에 도착하자마자 놀라운 광경이 펼쳐졌다. 이 섬에 도착한 후 처음으로 사람들을 발견했던 것이다. 서복 일행을 보자마자, 바다에서 놀고 있던 사람들이 재빨리 흩어져버렸다.[123] 서복은 이 섬에 대해 그들에게 많은 것들을 물어보고 싶어서 시종에게 명하여 그들을 잡아 오도록 했다. 그들을 뒤쫓아 갔던 시종들이 돌아와서는 여기에서 조금 떨어진 곳에 그들의 마을[124]이 있다

(元)나라의 마지막 황제 순제(順帝) 당시 '북두칠성(北斗七星)의 명맥(命脈)이 비치는 동해 끝 삼첩칠봉 하에 탑을 세워 불공을 드려야 한다'는 승려의 계시를 믿은 순제의 제2황비였던 기황후(奇皇后)의 간청에 의하여 이곳에 원당사와 함께 불탑을 세워 사자(使者)를 보내어 불공을 드린 결과 아들을 얻었다고 전한다. 그러나 당시의 사찰은 17세기 중엽까지 존속되었다가 그 뒤는 기록에서 찾을 수 없게 되었고, 지금은 현무암으로 만들어진 5층 석탑만이 남아 있다.

123) 철분이 많이 함유된 검은 모래로 모래찜질을 하려고 많은 사람들이 모인다. 특히 신경통, 관절염, 피부염, 무좀 등에 효험이 있다고 널리 알려져 있다.

124) 이 마을은 삼양동 유적지로 제주 지정문화재(지정번호: 사적 제416호)다. 제주 삼양동 유적은 삼양동 일대에 토지구획정리사업이 진행되던 당시에 발견된 선사시대 유적으로, 기원전 150년에서 기원 50년에 이르는 청동기시대 선사 집단 주거지라고 볼 수 있으며, 한반도의 대표적인 청동기시대 후기문화를 이해할 수 있는 유적임과 동시에 제주지역 송국리형 주거문화 수용단계의 취락 흐름을 연구하는 데 중요한 자료를 제공하는 유적임이 인정되어 사적으로 지정되었다. 이 일대에서는 1923년 처음으로 유물이 발견되었고, 1972년에도 석도가 발견되었으나 그대로 방치되었다가 1997년부터 1999년까지 세 차례에 걸쳐 발굴조사가 진행되었다. 그 결과 청동기에서 초기 철기시대를 전후한 시기의 송국리형움집터(내부에 타원형 구덩이를 조성하고 그 양쪽에 기둥구멍을 설치한 집터)를 바탕으로 축조된 제주지역 최대 규모의

고 전해줬다.

날이 저물었다. 서복은 야영을 준비하도록 하고는 시종들을 데리고 오후에 지나 온 삼첩칠봉 정상에 다시 올랐다. 다시 영험한 기운이 느껴졌다. 그는 정상에 있는 거북못에서 목욕재계를 하고는 하늘을 바라봤다. 하늘은 여전히 서쪽을 향해 가라고 그에게 계시했다. 그는 봉우리에 올라 서쪽을 향해 바라 본 다음 시종들을 데리고 야영지로 돌아왔다. 일부 시종들에게는 섬사람들이 모여 있는 곳에서 망을 보도록 했고, 일부 시종들에게는 경계를 강화하도록 명한 후 막사 안으로 들어와 생각에 잠겼다. '그들은 도대체 누구일까?' 그는 깊은 생각에 잠겨 한 숨도 잠을 잘 수가 없었다.

날이 밝았다. 섬사람들을 감시했던 시종들이 돌아와서는 그곳은 정말 평온한 마을임을 알려줬다. 그는 시종들을 무장시키고 그 마을을 향해 걸어갔다. 마을에 도착하자마자 마을 추장은 그 어떠한 두려움도 없이 그들 앞에 나서서 얘기했다.

"당신들은 누구십니까?"

이 질문을 들은 서복은 경계심이 사라졌다. 추장의 언행으로 봐서는 어떤 악의가 전혀 없음을 느꼈기 때문이었다. 서복과 추장은 서로 그림을 그리면서 의사 전달을 했다. 추장은 서복에게 여기서 같이 지내도 좋다는 표시를 했다. 서복은 일행들을 데리고 와서 이들과 함께 지냈다.

마을유적으로 확인되었다.

삼양동 선사시대 유적지　　삼양동 유적지에서 발굴된 유물

이곳 사람들은 거의 1,000여 명에 가까웠고, 대략 200여 동 이상의 집터를 비롯하여 공동창고, 야외화덕, 토기가마, 저장구덩이 등이 배치되고 마을 외곽으로 고인돌[125], 땅을 파고 시신을 묻는 움무덤, 독무덤[126]을 축조하여 거주공간과 무덤공간으로 분리된 형태의 마을을 형성하고 있었다.

---

125) 고인돌: 선사시대의 무덤의 일종으로 지석묘라고 하며, 고대인의 무덤양식으로 땅속이나 땅위에 돌로 무덤방을 만들고 그 위에 거대한 덮개돌을 올려놓은 무덤을 말한다. 제주도 지석묘의 숫자는 100여 개에 불과하고 대부분 단독으로 자리하는 경우가 많다. 또한 지석묘군(群)을 이룬다 하더라도 지석묘간에 일정한 거리를 두고 있으며, 분포는 해발 100m 미만의 해안지역에 밀집되어 있다. 주로 구 제주시 지역을 비롯해 서북부와 서남부지역에 분포하고 동남부에는 매우 드물다. 도련 지석묘 1호, 2호와 삼양 지석묘(지정문화재. 지정번호: 제주특별자치도 기념물 제2-10호), 제주시 삼양동에 있는 고인돌은 정확한 발굴조사가 이루어지지 않아 하부구조를 알 수 없으나 형태상 바둑식으로 보인다. 이 고인돌은 남북방향으로 자리하고 있는데, 덮개돌은 길이 2.19m, 너비 0.35~0.5m이고 형태는 직사각형 모양이다. 덮개돌 아래에는 동·북·남쪽에 작은 받침돌을 괴었고, 서쪽은 곧바로 땅에 닿아있다. 이것은 경사진 지형에 고인돌을 만들었기 때문에 서쪽에 받침돌을 세우지 않은 것으로 보이며, 덮개돌이 동쪽으로 약간 기울어진 원인도 경사진 지형 때문인 것으로 보인다.

126) 독무덤 안에 있는 시체의 모양을 그린 한자는 시(尸)자다. 시(尸)자의 의미를 정확하게 나타내기 위해 여기에 죽을 사(死)자를 더해 시체 시(屍)자가 만들어진 것이다. 시(尸)자의 의미는 옹관묘 문화를 지닌 민족을 통해서만 이해할 수 있다.

그들은 곧은아가리토기, 점토띠토기 등을 사용했고, 또한 돌도끼, 돌화살촉, 돌끌, 숫돌, 갈판, 공이, 홈돌, 골검, 돌팔찌, 검자루 장식 등의 석기를 사용하고 있었다. 그들이 사용하는 토기는 아가리가 곧거나 밖으로 살짝 바라지고 몸통의 가운데 혹은 윗부분이 볼록한 모양의 토기였다. 뿐만 아니라 청동검, 옥팔찌, 옥 등도 있었는데, 이러한 것들은 여기에서 만들어진 것이 아니라 외부에서 들여온 것이었다. 서복은 추장에게 물어봤다.

"이 청동검, 옥팔찌, 옥 등은 어디에서 났습니까?"
"옆 마을에서 얻었습니다."
"옆 마을은 어디에 있습니까?"
"서쪽으로 가면 있는데, 여기에서 천천히 걸어가면 늦어도 이틀 안에 도착할 수 있습니다."

서복은 근처에 마을이 있다고 생각하니 한 시름 놓였다. 그는 여기에서 머무는 동안 그들의 생활상을 자세히 살펴봤다. 지석묘와 옹관묘! 이것은 그들이 이 섬에 도착하기 전에 거쳐 온 곳곳에서 발견된 형태와 매우 유사했다. 그들의 먹거리는 해산물 위주였으나, 아주 독특한 과일도 있음을 발견하고는 그것을 맛보겠다고 하니 추장은 여러 개를 그 앞에 가져다주었다. 바로 '귤'이었다. 가히 천하의 맛이었다. 이 마을 남쪽에 귤나무가 자생하고 있었기 때문에 그들은 이 과일을 즐겨 먹는다고 했다.127)

---

127) 제주특별자치도 지정 기념물-도련동 귤나무류(지정번호, 천연기념물 제53호): 수량은 4종류 6그루가 있으며 높이 6~7m, 수령은 100~200년으로 추정된다. 삼국시대 이전부터 제주에서 재배되어 온 제주 귤의 원형을 짐작할 수 있어 생물학적 가치뿐만 아니라 역사적 가치가 크다. 당유자, 병귤, 산귤, 진

서복은 낙천적이고도 노인들이 많은 그들의 생로병사(生老病死)와 관련된 문화를 기록해두고 싶었다. 그래서 시종에게 다음과 같은 내용을 기록해 두도록 했다.128)

* 임신과 출산

임산부가 임신을 하게 되면 몸가짐을 조심하고, 여러 가지 금기 사항을 지켜야 한다. 임신부는 토기를 깨서도 안 되고 새끼줄을 타고 넘어서도 안 된다. 토기를 깨면 아기의 명이 짧고, 새끼줄을 타고 넘으면 분만이 더디다고 생각해 왔기 때문이다. 임신부는 닭·돼지를 포함한 일체의 살생을 보지 말아야 하며, 욕도 삼가야 한다. 게를 먹으면 아이가 옆으로 걷거나 젖꼭지를 깨문다고 해서 먹지 않았다. 임신부가 만삭이 되면 집을 고치는 일을 하지 않았다. 터지고 문을 열어 놓아야 아기가 나오기 쉽다고 믿었기 때문이다.

산모가 진통이 시작되면 '삼승할망'이 도와주었다. 밑에는 짚을 깔고 그 위에서 앉은 자세로 힘을 다해 분만했다. 산모가 난산인 경우 '모든 문'을 조금씩 열어놓았다. 이것은 바로 '열림'의 의미였다.

귤 등이 있다. 『제주향토기』라는 책에는 제주도에 14종의 재래귤이 있다고 하는데, 그 가운데 몇 종은 확인되지 않고 있다. 당유자: 대유자라고도 불리며, 식용이나 약용으로 용도가 많아 비교적 잘 보존되어 왔다. 특히 간장병 등에 효과가 있다하여 한약제로도 쓰인다고 한다. 병귤: 병귤이란 이름은 열매가 병모양으로 생겼다하여 붙은 것으로, 보는 이에 따라서는 수류탄처럼 생겼다고 하기도 하는데 열매 크기도 그만하여 다른 재래귤과 쉽게 구별된다. 제주말로는 '벤줄'이라고 한다. 산귤: 가지가 촘촘하고 빽빽하게 나며, 가지의 마디가 짧다. 열매는 편구형으로 껍질에 얇은 돌기가 돋아 있다. 진귤: 진귤은 열매의 향기와 맛이 독특하여 지난날 세금으로 바치던 지방 특산물 중에서도 상품에 속했다. 껍질은 다소 거칠고, 향기와 신맛이 강한 편이다.

128) 제주특별자치도교육청, 『학교가 펴낸 우리고장 이야기』(제주시 II), 2014. 58~64쪽 참고.

*** 산모의 조리**

아이를 낳는 과정에서 참기름에 달걀을 타서 먹이는데, 이는 힘을 보강하는 의미 외에 미끄러우니까 순산하라는 염원이 함께 들어 있었다. 분만 후에는 미역국을 먹이는 게 보통이었고, 간혹 꿀이나 참기름 등을 먹기도 했다. 산후 3일째가 되어서야 산모는 쑥을 넣어 데운 물에 목욕하며 아기도 함께 씻어주었다. 산후 7일간 아기 낳은 집 입구에는 금줄을 드리워 부정한 사람이 드나드는 것을 금지시켰다.

*** 육아**

아기는 처음 며칠간은 채롱 같은 작은 그릇에 깔개를 깔고 눕혀두었다가 차츰 자라면서 '애기구덕'에 눕혀 길렀다. 대오리를 엮어 만든 장방형의 이 구덕은 중간을 새끼나 칡넝쿨로 얽어 오줌을 쌌을 경우 그대로 빠지게 했으며, 새끼 그물 위에는 짚을 깔고 그 위에 기저귀를 깔았다. 애기구덕은 요람이면서 운반기구이기도 하여 지고 밭에도 나가고, 흔들어 아기를 재우기도 했다. 혹 이 구덕을 사용하던 아이가 죽으면 무덤 위에 덮어놓고 돌로 눌러두거나 태워버렸다.

아기들은 질병 구완이 어려워서 잘 죽었으므로 마을 주변에는 대부분 아기무덤들이 집단을 이루는 경우가 있었다. 이 무덤을 '존무덤'이라고도 불렀다.

*** 소년기의 놀이**

아이들이 소년기가 되면서 소꿉장난, 공기놀이 등과 자치기, 방치기, 땅따먹기, 제기차기, 윷놀이 등을 하며 놀았다. 소꿉장난의 그릇들은 소라나 조개껍질 자기나 토기 파편들이었으며, 풀잎이나 흙을 가지고 반찬이나 밥 대용을 삼았다.

*** 혼례**

결혼 상대는 이웃 부락에서 찾았다.

*** 장례**

장례는 다양한 의식이 행해졌다. 우선 원미죽을 마련했다가 죽은 사람의 입에 넣어 주었다. 사망 직후 온돌의 불을 끌어내고 아궁이를 잘 막는데, 이는 시체의 부패를 덜고자 함이었다. 사망 직후 시신을 대강 정리하고는 미리 자라의 시신 위에 덮어뒀던 천조각을 가지고, 높은 곳에 올라가 혼을 불렀다. 초혼이 끝나면 상에 원미를 올리고 술을 부어 분향한 다음, 가족들이 곡을 했다. 그리고 며칠이 지나 땅을 파고, 그 위에 판자를 놓고 흙을 덮는 것으로 끝을 맺었다.

서복은 며칠 동안 이 마을에 머물면서 마치 자기 마을에 온 것처럼 아늑했으며 어떤 불편함을 느끼지 못했다. 하지만 이 마을에서는 처음 이 섬으로 올 때 찾고자 했던 세 개의 구멍(◊◊◊)을 찾을 수는 없었다. 그는 마을 추장을 찾아서 세 개의 구멍을 그림으로 그려주었다. 그러자 추장은 서쪽으로 가면 큰 마을이 있으니 그곳 사람들에게 물어보도록 했다. 그리하여 서복 일행은 이 마을을 뒤로 하고 다시 서쪽으로 길을 떠났다.

5-3. 산지천

서복 일행은 서쪽으로 향했다. 반나절 지나서 그들은 별도봉[129] 입구에 다다랐다. 그는 주위를 둘러보더니 이곳은 사람이 살 만한 곳인데 사람들의 흔적만 있을 뿐 찾을 수는 없었다.[130] 이곳을 지나 사라봉[131]에 오르니 어느 덧 해가 저물어가고 있었다. 사라봉에서 보는 석양야말로 지금껏 봐온 석양 가운데 으뜸이었다.[132]

---

129) 별도봉의 토박이 이름은 '베리오름'이다. '베리'는 바닷가의 낭떠러지를 이르는 '벼루'의 제주말이니, 별도봉은 이 오름의 바다 쪽 지형을 일컬어 붙여진 이름이다. 별도봉은 특히 바다 쪽에서 보면 서쪽의 사라봉과 허리가 맞붙어 있고 연결돼 있어 하나의 산체로 보인다. 별도봉의 북사면은 벼랑으로, 이른바 자살바위와 애기 업은 돌이라 부르는 괴암이 있으며, 바다와 맞닿은 곳에는 고래라도 드나들 수 있을 만큼 커다란 해식 동굴인 고래굴이 있다.

130) 화북동 유물산포지: 유물산포지는 동서로 화북비석거리에서 오현고등학교 동편에 이른다. 남북으로는 화북초등학교에서 해안가에 이른다. 화북천이 유적의 중앙으로 흐르고, 별도봉과 화북봉이 서편에 자리하고 있다. 산의 수목과 하천, 가까운 해안, 미사질 양토는 선사인의 좋은 정주여건을 마련하고 있다. 수습되는 유물은 토기와 석기다. 토기는 곽지리식 토기와 고내리식 토기다. 곽지리식 토기는 전체 범위에 걸쳐 골고루 흩어져 있으나 고내리식 토기편은 일부 지점에서만 수습된다. 석기는 갈돌, 공이, 타제석기 등이 확인된다. 이 밖에 화북초등학교 서편으로 조선초기의 분청과 후기 백자도 보인다.

131) 현재까지 사라봉(沙羅峰, 紗羅峰)의 명칭이 어디에서 유래되었는지는 정확하게 밝혀진 바가 없으며, 특히 '사라(沙羅, 紗羅)'의 의미가 무엇인지를 밝혀내지 못하고 있다. 일설에는 사라봉의 한자명인 '사라(紗羅)'에 견주어 '해질 녘의 햇빛이 비친 산등성이가 마치 황색 비단을 덮은 듯하다'는 의미로 붙여졌다고 한다. 또는 '사라'의 의미가 '동쪽' 내지는 '동쪽 땅'이라는 설, 그리고 '신성한 땅'이라는 의미의 '술'에서 나왔다는 설 등도 있지만, 그 어느 것도 현재 정설로 받아들여지는 것은 없다. 이와 같이 현시점에서는 '사라'의 뜻을 정확히 밝혀내는 것이 사라봉의 유래를 풀 수 있는 중요한 열쇠라 할 수 있다. 사라봉 아래 바닷가에는 해식동굴이 있다. 제터에서 동쪽으로 조금 더 가면 해식동굴 2개가 있다. 먼저 만나는 작은 해식동굴의 맨 아래에서는 꽤 많은 양의 용천수가 소리를 내며 나오는데, 고이는 곳 없이 큰 돌멩이들 사이로 그대로 바다로 흘러들어가 버린다. 바로 동쪽으로 이어서 깊이 20m 정도 되는 해식동굴이 있다.

132) 이곳은 '사봉낙조'라 불리는 영주십경(瀛州十景) 가운데 하나다. 영주십경은

서복은 이곳에서 더 머물고 싶었으나 세 개의 구멍(◊◊◊)을 빨리 찾고 싶은 욕망이 앞섰다. 그는 산에서 내려와 넓은 곳을 택해 야영을 하기로 결정했다.

별도봉에서 보이는 제주항구　　　　사라봉에서 바라보는 석양

다음 날 아침, 서복 일행은 해안선을 따라 서쪽으로 계속 이동했다. 그러다가 많은 사람들이 모여 있는 곳을 발견하게 되었다. 이곳이 추장이 말했던 바로 그곳이었다. 이곳은 산지천이 바다로 흘러 나가는 곳에 위치하고 있었다.133) 사람들은 서복 일행을 정

제주에서 경관이 특히 뛰어난 열 곳을 선정한 것으로, 다음과 같다. 제1경은 성산일출(城山日出)로 성산에서 보는 해돋이, 제2경은 사봉낙조(紗峯落照)로 사라봉에서 바라보는 저녁노을, 제3경은 영구춘화(瀛邱春花)로 영구(속칭 들렁귀)의 봄꽃, 제4경은 정방하폭(正房夏瀑)으로 정방폭포에서의 여름, 제5경은 귤림추색(橘林秋色)으로 귤림의 가을빛, 제6경은 녹담만설(鹿潭晩雪)로 백록담의 늦겨울 눈, 제7경은 영실기암(靈室奇巖)으로 영실의 기이한 바위들, 제8경은 산방굴사(山房窟寺)로 산방산의 굴 안에 있는 절, 제9경은 산포조어(山浦釣魚)로 산지포구에서의 고기잡이, 제10경은 고수목마(古藪牧馬)로 풀밭에서 뛰노는 말을 말한다.

133) 건입동 984-56번지 일대는 중국 한(漢)대의 거울과 칼, 화폐 등이 다량 출토된 자리다. 이들 유물은 1928년 산지항 축항공사를 위한 암석 채취 중 우연히 부근의 용암 아래 한 동굴에서 출토되었다. 출토된 유물은 오수전(五銖錢) 4점, 화천(貨泉) 11점, 대천오십(大泉五十) 2매, 화포(貨布) 1매 등 18매였다. 이 유물들은 국립광주박물관에 소장되어 있다가, 2000년 12월 국립제주박물관 개관에 맞추어 국립제주박물관으로 이관되었다. 이 화폐들은 당시 중국에

중하게 맞이했다. 그들 가운데 체격이 건장한 사람이 앞으로 나와서 서복 일행에게 말을 건네는 듯하더니, 서로 말이 통하는 듯 두 사람의 만남의 시간이 길어졌다.

산지천 산지천에 떠 있는 테우

알고 보니 건장한 사람은 진시황에 대해 알고 있는 듯했다. 그는 뱃사람으로 여러 사람들과 함께 뱃길을 따라 남해안과 서해안 그리고 발해만과 중국 산동지역까지 다녀 온 사람이었다. 서복은 그를 만난 것을 천운이라고 생각했다. 그에게서 이 섬에 대해 여러 가지 정보를 전해 들을 수 있었다. 특히 세 개의 구멍(穴)에 관한 정보가 그의 입을 통해 나왔다.

서복이 먼저 그에게 질문을 했다.
"이 섬의 왕은 누구요?"

서 시장 경제 수단으로 실제 유통된 화폐로서 이들이 중국 주변 지역에서 발견되는 것은 중국 문물의 파급을 의미한다. 제주도에서 출토된 이러한 유물들은 기존에 제주도와 한반도와의 교류에 더하여, 중국을 기점으로 하는 동방 교역로를 통해 새로운 문물이 제주도에 유입되었음을 보여 준다. 이와 같이 기원전 200년~기원후 500년경부터 건입포가 바다 입출항의 포구로서 제주 사람들에게 이용되기 시작하고 외부와의 교역에 있어 대표적인 포구로 자리를 잡아가게 되었다.

"왕은 무엇입니까?"

"진시황은 황제라고 하는 것을 알고 있지 않소. 진시황처럼 이 섬을 통치하는 사람을 왕이라 한다오."

"우리는 왕이라 하지 않고 '을라'라고 합니다."

"'을라'라고요? 거 참 이상하구려. 내가 이곳에 도착하기 전에 들렸던 저 북쪽 지역 사람들도 '어라하'134)라고 하던데... '어라', '얼라', '을라' 이렇게도 들린 것도 같고..."

"그런가요? 저는 잘 모릅니다. 여기에서는 '을라'께서 늘상 "~블라!"라는 말을 사용하기 때문에 저희들은 '블라', '을라'라고 그분을 부르고 있습니다."

"'블라'라는 말은 언제 사용합니까?"

"명령할 때 사용합니다. 모든 명령은 '블라', '을라'로 합니다."

"명령할 때 쓰는 말, '을라'라... 참 재미있군요. 하기야 우리가 말하는 '왕'도 소리에서 왔으니까요."

"무슨 말씀이신지요?"

---

134) 백제는 그 선대가 대개 마한의 속국으로 부여의 별종이다. 구태(仇台)라는 자가 있어 대방에 나라를 열었다. … 왕의 성은 부여씨이며 호를 '어라하(於羅瑕)'라 하고 백성들이 부르기를 건길지라 한다. 중국말로 왕이란 뜻이다. … 또한 매년 네 번에 걸쳐 그 시조인 구태(仇台)의 사당에 제사지낸다. ("百濟者其先蓋馬韓之屬國 夫餘之別種 有仇台者 始國於帶方···王姓夫餘氏 號於羅瑕 民呼爲鞬吉支 夏言弁王也···又每歲四其始祖仇台之廟." 『주서(周書)·이역전(異域傳)·백제전(百濟傳)』)
왕의 성(姓)은 부여씨(夫餘氏)이고 이름은 '어라하(於羅暇)'이니, 백성들이 부르기를 건길지(鞬吉支)라고 하는데 이것은 중국말로 왕(王)이라는 뜻이다. 또 왕의 아내는 어륙(於陸)이라 하는데, 이것은 중국말로 비(妃)라는 말이다. ("王姓餘氏 號於羅瑕 百姓號爲鞬吉支 夏言並王也 王妻號於陸 夏言妃也." 『북사(北史)』 卷94, 백제전)
백제는 부여의 별종으로, 왕은 부여씨로 성을 삼고, 왕호가 '어라하(於羅瑕(暇))'라 했다는 기록이다. '어라하'라는 명칭에 관한 해석은 다양하나, '하(瑕, 暇)'가 「kɔ」의 표기로서 원래 대(大)를 뜻하는 어사이나 '어라'와 결합하여서는 관직명의 접미사로 사용되었다고 보는 것이 옳다. 이 어사는 부여나 고구려에서는 「가(加)」로 표기되어 용례를 남기고 있다. (박종성(국어국문학과 교수), 「제주도 三乙那 신화의 형성에 관하여」 참고)

"우리는 글자를 사용합니다. 이런 저런 중요한 것들을 기록하기 위해서요. 예를 들어 왕을 나타내는 글자는 위와 가운데 그리고 밑에 선을 세 개 그린 다음 이것을 연결한 모양(王)[135]처럼 쓰고, '왕'이라고 읽습니다."

"왜 '왕'이라고 읽는 거죠?"

"원래 '王'은 큰 청동도끼를 그린 글자였습니다. 그것을 가지고 휘두를 수 있는 자가 왕입니다. 커다란 청동도끼를 들고 휘두를 때 "웡~", "~왕"이란 소리가 납니다. 그래서 그를, 그것을 가지고 휘두를 수 있는 자를 '왕'이라 했던 거지요."

"저는 무슨 말씀을 하시는지 아직도 잘 모르겠습니다."

"아, 제가 너무 말을 많이 했네요. '을라'에 대해 계속 말씀해 주시겠습니까? '을라'께서는 어디에 계십니까?"

"그 분은 어느 한 곳에 머무르지 않습니다. 오늘도 저 높은 산 어딘가에서 사냥을 하고 계실 겁니다."

"여기에서도 쉽게 사냥이 가능하고 또한 먹거리가 풍부한데 굳이 저 높은 산에서 사냥하는 이유가 무엇입니까?"

"산신께 제사를 지내기 위해서지요."

"산신께 제사를 지낸다고요?"

"예. 저 높은 산이 우리를 보호해주고 있으니까 '을라'께서는 해마다 제사를 지내고 있습니다."

서복은 잠시 말을 멈췄다. 그리고 저 높은 산을 바라봤다. 저 산이 금방이라도 일어서서 다가 올 것만 같았다. 그는 두려움을 뒤로 한 채 다시 말을 이었다.

---

135) 혹자는 세 개의 선(三)을 천(一), 인(一), 지(一)로 해석하고, 하늘과 땅과 사람을 연결(丨)시켜주는 사람이 왕(王)이다라고 해석하기도 한다. 하지만 이와 같은 해석은 그럴 듯하게 보이지만 잘못된 해석이다. 왕(王)자의 갑골문을 보면 '커다란 도끼' 모양이다.

"이 섬 사람들은 이방인에 대해 어떤 두려움도 없는 것 같습니다. 처음 옆 마을 사람들을 만났을 때도 그들에게서 어떠한 두려움을 느낄 수 없었습니다. 당신들을 보니 마찬가지고요. 게다가 며칠 간 머무는 동안 다른 부족이 와도 서로 싸우는 것을 보지 못했습니다. 부족끼리는 서로 다투지 않습니까?"

"이 섬 사람들은 어느 부족과도 다투지 않습니다. 왜냐하면 '을라'께서 일찍이 화살을 쏘아 각각의 구역을 정하셨기 때문입니다."[136)]

"서로 다투지 않는 곳도 있다니... 우리 진나라에서는 엄정한 법률이 있어도 살육이 끊이지 않고 있는데... 이 섬 사람들은 법이 없어도 평화롭게 지내고 있다니 참으로 놀랍습니다."

서복은 잠시 말을 멈추고는 깊은 생각에 잠겼다. 아무 말도 들리지 않았다. 어느 누구와도 다투지 않는 이곳이 낙원이 아니겠는가!

---

136) 삼사석(三射石): 제주도기념물 제4호. 소재지: 화북1동. 삼사석은 제주 개벽신화인 삼성신화와 관련된 유적이다. 삼성신화에 의하면, 고을나·양을나·부을나라는 세 신인이 땅속에서, 즉 삼성혈에서 솟아났다고 한다. 이후 이들은 벽랑국의 세 왕녀가 바다로부터 돌함에 담겨 떠오니, 나이 순에 따라 장가들었다. 이어 활을 쏘아 거주할 땅을 정했는데, 각각 일도리·이도리·삼도리라 하였고 농업과 목축을 시작해 날로 번성하고, 나라도 세웠다고 한다. 이때 쏜 화살에 맞은 돌 셋을 일컬어 '삼사석' 혹은 '시사석'이라 하며, 그 장소를 제주에선 '살쏜디왓'이라 부른다. 조선시대 1735년(조선 영조 11)에 김정이 제주목사로 와 삼성신화를 듣고, 관련 유적을 돌아봐 삼사석비를 세우게 되었다. 비문에 "오랜 모흥혈(지금의 삼성혈) 화살 쏜 돌 남아 있으니 신인들의 기이한 자취 천추도록 서로 비추리라"는 뜻의 글을 한문으로 새겼다. 이후 양종창(1767년~1851년)이 화살 맞은 돌을 수습하여 석실을 만들어 보관했다. 그는 유교에 소양이 깊었던 제주 사람이다. 석실 좌우 비석 판석에는 '삼신 유적이 세월이 오래되었음으로 남은 것을 긁어모아 이제 수습해 석실에 합했다.'라는 뜻의 글을 한문으로 새겼다. 밑 판석에는 '가경계유석실'이라 하였으니, 이는 1813년에 석실을 만들었다는 것이다. 현재의 삼서석비는 제주목사 김정이 세운 것이 100여 년이 지나 마멸되었기에 1840년 3월 7일에 고쳐 세웠다고 한다. 석실 규모가 높이 140㎝, 옆 좌우 너비 67㎝이다. 비의 경우 높이 113㎝, 너비 43㎝, 두께 18㎝이다.

"'을라'께서 탄생하신 곳은 세 개의 구멍(◊◊◊)이 있는 곳입니다."

"뭐라고요? 다시 말씀해 주십시오."

"'을라'께서는 세 개의 구멍(◊◊◊)에서 탄생하셨습니다."

서복은 그 자리에서 벌떡 일어섰다. 그리고 그에게 그곳이 어디 있는지 알려달라고 청했다. 그는 저 높은 산 방향을 가리키면서, 이 천을 따라 산이 있는 방향으로 조금 더 올라가면 그곳이 있다고 했다. 서복은 그에게 감사하다고 몇 번이나 절을 하고는 일행들과 함께 산지천을 따라 그 방향으로 올라가려고 했으나 건장한 사람이 하룻밤만 더 이곳에 묵었으면 했다. 서복은 그의 호의에 감사를 드리면서 이곳에서 저녁을 같이 했다.

그들은 저녁에 횃불을 들고 바다로 나가 고기를 잡아왔다. 그 모습은 마치 한 폭의 선경(仙境)과 같았다. 그들은 잡고 온 고기를 곧바로 손질하고는 불에 구운 다음 서복 앞으로 가져왔다. 그러자 서복은 시종에게 '수'를 가지고 오도록 했다. 거기 모인 사람들은 그게 무엇인지 몰랐다. 서복은 "수"를 토기에 따르고는 건장한 사람에게 건네주었다. 그러자 그는 그것을 마시고는 "술"이라고 했다.[137] "수"와 "술", 거의 발음이 비슷했기 때문에 그들도 놀랐다.

---

137) 술 주(酒)자의 초기발음은 [ʔsluʔ. 술], 산스크리트어 역시 [sur. 술]이다. 산스크리트어 발음은 강상원박사께서 저술하신 『동국정운실담어주석』의 내용이다. 하지만 원래 산스크리트어로 술은 [sura. 술ㅋ]으로 발음했는데, 여기에서 'ㅋ' 발음이 생략이 되어 '술'이 된 것이다. 2,000여 년 전, '술'이란 발음은 중국에서 'ㄹ' 발음이 생략되어 '수'가 되었고, 발음규칙상 '주'가 되어 오늘에 이르렀다. 오늘날 우리는 술 주(酒)라고 외우고 있는데, 실상 '술'과 '주'는 같은 발음이었다.
다시 산스크리트어로 돌아가 '술ㅋ' 발음에서 'ㄹ'이 생략되면 '숙'이 된다. 발음규칙상 이것은 현대의 '숙'과 관련된다. 숙(熟)은 '숙성시키다' '잘 익다' 등의 의미다. 이것은 또한 '삭'이란 발음과 연관되어 있으므로 '삭히다'와도 관련이 있다. 투르크어로는 술을 [sug. 삭]이라 하고, 몽골어로는 [sogta. 삭타]

산지천 포구에서 펼쳐진 고기잡이 모습　　산지천 포구에서 횃불이 밝혀 고기를 잡는 모습

서복은 술자리에서 일어난 후 밖에 나가 밤하늘을 살펴봤다. 밤하늘에 떠 있는 북두칠성이 그에게 어떤 곳을 향해 환하게 비춰주었다. 그는 천문지리를 살폈다. 북극성이 머문 곳, 바로 그곳에 세 개의 구멍(◊◊◊)이 있을 것만 같았다. 그곳은 조금 전에 '을라'께서 탄생하신 곳이라고 알려 준 그곳과 일치했다. 그는 시종을 불렀다. 그리고 그에게 "이곳은 북두칠성이 정해 준 신성한 곳이다."라고 기록하도록 했다.[138]

라고 한다. 일본어에서 술을 뜻하는 '사케'는 '삭히다'와 관련있는 말이다.(졸저, 『이것이 글자다』, 59~60쪽 참고)

138) 제주의 칠성도(七星圖)와 관련하여 소개된 자료는 『신증동국여지승람』, 임제의 『남명소승』, 김상헌의 『남사록』, 이원진의 『탐라지』, 김정의 『노봉선생문집』, 이원조의 『탐라지초본』, 『제주읍지』, 김석익의 『파한록』, 담수계의 『증보탐라지』 등이다.(강문규 저, 『일곱 개의 별과 달을 품은 탐라왕국』, 한그루, 2018년 7월, 2쇄. 23쪽 참고) 북두칠성은 북극성을 주축으로 운행하는 별자리이다. 그래서 둘은 불가분의 관계로 얽혀 있다. 북극성과 북두칠성은 천문의 기본체제로서 고대에 이미 통치철학의 기본개념으로 자리 잡았다. 탐라를 함께 개국한 세 부족은 삼성혈을 북극성으로 설정한 뒤 칠성대 축조에 나선 것으로 이해된다.(같은 책, 62쪽 참고)

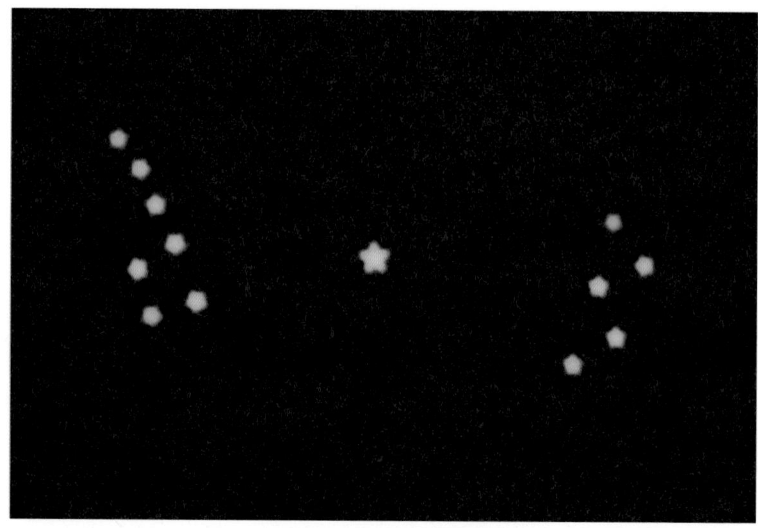

북두칠성, 북극성, 카시오페아

5-4. 삼성혈

다음날, 서복은 일행들과 함께 산지천을 따라 위로 올라갔다. 얼마쯤 갔을까, 주위 나무들이 어느 한 곳을 향해 고개를 숙이고 있는 모습이 그의 눈에 들어왔다. '그래, 바로 저곳이야.' 그는 일행을 멀리 남겨둔 채 혼자서 그곳에 들어갔다. '아, 내가 찾던 그곳이구나!' 서복은 한참동안 그곳에서 말없이 서 있었다. 어느새 그의 눈가에서는 눈물이 흘러내리고 있었다. 편안함, 고향에서 어머니 품속에서 느꼈던 그 편안함이 그를 감쌌다. 그는 이런 감정을 계속 느끼고 싶었다. 눈을 감은 지 꽤 오래 지났다고 느끼는 순간 주위는 어느새 어둑어둑해졌다. 그는 천천히 그 자리에서 물러나 일행에게로 돌아갔다.

그는 일행에게 야영을 준비하도록 시켰고, 시종에게는 시초와 거북이를 마련하도록 했다. 그리고는 계곡에 가서 목욕재계를 마친 후 숙소에 들어가 다시금 눈을 감았다. 이곳에 오기까지 전 과정이 파노라마처럼 스쳐지나갔다. 그는 다시 밖으로 나왔다. 밤하늘은 그에게 한라산 중턱의 서쪽하늘을 밝게 비춰주었다. 마치 늘 그에게 길을 제시해주었던 것처럼.

삼성혈　　품(品)자 모양의 세 개의 구멍

다음날, 서복은 일찍 목욕재계를 하고는 시종에게 시초와 거북이 그리고 불을 준비하고 따를 것을 명했다. 그곳에는 일행들이 이미 다양한 음식과 풍성한 과일로 제단을 준비하고 있었다. 서복은 제단 앞에 무릎을 꿇었고, 제단 앞에는 연기가 하늘로 올라가고 있었다. 그는 양손으로 연기 한 움큼을 가지고는 준비된 시초와 거북이에게 놓았다.

"천지신명이시여, 제가 찾던 곳에 왔습니다. 이곳에서 영원히 살아도 되겠습니까?" 시초점 결과 '길(吉)'이었다. 다시 한 번 "천지신명이시여, 제가 찾던 곳이 이곳입니까?"

그는 거북이배껍데기에 불에 달궈진 송곳 모양이 쇠꼬챙이를 갖다 대자, 다시금 "폭"소리와 함께 "쫙~"하고 금이 났다. 금을 자세히 살펴본 그는 역시 '길(吉)'이라는 점괘를 얻었다. 그는 어머니 자궁 속 기운이 느껴지는 이곳에서 영원히 살고 싶었다. '장생불로초'를 찾는 일은 더 이상 그에게 중요한 일이 아니었다. 그 역시 '불로초'는 이 세상에 없다는 것을 알고 있었기 때문이었다.

그가 이곳에 살기 위해서는 우선 이 섬의 '을라'를 찾아 물어봐야만 했다. 그는 시종에게 어제 만났던 건장한 사람을 찾아가 다시 '을라'가 어디에 갔는지 알아오라고 시켰다. 한참 지나서 시종이 와서는 "한라산 중턱 서쪽 방면에 있는 오링139)에 갔을 것이다." 라고 전해주었다. 그 방향이라면 어젯밤 하늘이 그에게 알려 준 바로 그 방향이었다.

야영지로 돌아온 그는 일행들에게 차려진 음식들을 나눠주고는 혼자서 '을라'를 만날 수 있는지 하늘을 바라보았다. 햇볕, 너무나 강렬한 나머지 하늘에 그려진 길을 찾을 수 없었다. 이제부터는 육감으로 그를 찾아야만 한다. 그는 모든 것을 육감에 맡겼다.

5-5. 왕이메 오름

그는 일행 가운데 동남동녀를 선별해서 삼성혈에 남아 7일 동안 제사를 지낸 후 다시 '조천'으로 돌아가서 일행들과 합류하게 했고, 나머지 일행들은 여행 채비를 하도록 명했다. 얼마 후, 그들은 서쪽으로 길을 떠났다. 조금 가다보니 길이 사라졌다. 어디로 어느

139) 제주에는 360여 개의 기생화산이 있는데, 제주어로 기생화산을 '오름'이라 하고, 몽골어로는 '오링'이라 한다. 몽골어 '오링'은 '조그만 언덕'을 의미한다.

방향으로 갈 지는 오직 하늘과 바람과 땅이 정해 주었다. 우선 사람들이 앉아 쉬었던 흔적, 그들이 남겨놓은 발자국 흔적 등을 찾고 또 찾았다. 며칠 동안 찾아 헤맸는지 모르지만, 어느 지점에 다다르자 사람들을 만날 수 있었다. 그들은 '을라'와 함께 제사를 지내고 돌아오는 길이라고 했고, '을라'께서는 계속해서 위로 올라갔다고 했다. 서복 일행은 그들이 제사를 지냈다는 곳으로 이동했다.

왕이메 오름 분화구

왕이메 오름에서 보는 한라산

그곳 정상에 가운데가 움푹 페어 있었으며, 앞에는 큰 산이 보였다. 이곳은 천지신명께 제사를 지낼 만 한 그런 기운이 느껴지는 곳이었다. 서복 일행 역시 여기에서 야영을 결정하고는 다음날 아침 산신께 제사를 지냈다. 그리고 계속해서 저 앞쪽에 보이는 산을 향해 걸어 나갔다. 하지만 지금부터는 그 어떤 사람의 흔적을 발견할 수 없었다.

그때 갑자기 저 멀리 사슴이 서복을 향해 걸어왔다. 사슴, 그는 사슴을 보자 진시황이 떠올랐다. 마치 진시황의 전령같이 느껴졌다. 그는 갑자기 두려움과 평온함을 동시에 느꼈다. 순록은 저 먼 북쪽 지방의 유목민족들이 신성하게 여기는 동물이었다. 그 지역에서 순록의 뿔은 곧 부족장을 상징하게 되었다. 날씨가 추워지면서 북방의 유목민족들은 남쪽 지방으로 이동하게 되었지만 순록은 남쪽으로 이동시킬 수 없었다. 왜냐하면 남쪽 지역에는 순록의 먹이가 없었기 때문이었다. 그래서 그 이후로는 남쪽의 부족장은 순록의 뿔을 쓸 수가 없었다. 대시 순록의 뿔 모양을 본떠 만든 장식품을 써서 부족장을 나타냈는데, 후에 이 장식품은 왕관 모습으로 바뀌어 사용되었던 것이다. 진시황이 썼던 왕관과 비슷한 사슴의 뿔,[140] 사슴의 모습을 보자 진시황을 만난 것처럼 두려웠지만 사슴의 눈을 보자 두려움이 눈 녹듯 사라졌다. 오히려 진시황이 측은하다는 생각까지 들었다. '이 섬에 도착하기 전에 진시황께서 위독하시다는 소식은 전해 들었는데 지금은 무사하실까?' '혹시 '을라'께서 불로장생초를 구해주시지 않을까?' ''을라'를 만나야만 하는데…' 서복은 마음이 복잡해졌으나 저 산의 정상에 가면 꼭 만날 수 있을 것만 같았다.

5-6. 한라산

이곳에는 먹을 것들이 정말 풍부했다. 영지버섯과 같은 다양한 버섯류, 시로미[141]와 같은 새콤달콤한 열매들, 금광초와 같은 수

---

140) 진시황의 성(姓)은 영(嬴), 씨(氏)는 조(趙), 이름은 정(正. 政)이다. 그의 성(姓)인 영(嬴)의 시조는 소호금천씨(少昊金天氏)다. 여기에서 '소호'는 몽골어 '소고'의 음차로 이는 '사슴'을 가리킨다. 진시황과 사슴은 불가분의 관계가 있다.

141) 시로미는 진달래과에 속하는 늘푸른 넓은 잎, 작은키나무로 한라산 1,400m 이상 고지대에서 자생하며 바위틈과 같이 건조하지만 공기 중에는 습도가 높은 곳에서 잘 자란다. 최근 기후변화로 인해 제주 한라산 지역에는 제주조릿대, 억새 등 온대성 식물이 번성했기 때문에 한대성 식물인 시로미가 사라질 위기에 놓여 있다. 시로미는 6~7월에 자주색 꽃을 피우고, 7~8월 검붉은색

많은 약초들, 그리고 노루 등 다양한 동물들, 이곳은 그야말로 천상의 세계인 것만 같았다.

순록과 닮은 사슴

그들은 며칠 동안 산의 정상을 향해 나아갔다. 다가가면 다가갈수록 산세가 험해졌고, 다양한 기암괴석이 그들을 맞이했다. 마치 자신의 고향에 있는 어머니 산인 '태산'과 같은 기운이 느껴졌다. 힘이 들었지만 쉬엄쉬엄 오르고 또 올랐다. 드디어 나무에 가려졌던 시야가 확 트이기 시작했다. 아! 과연 절경이었다.

으로 익는 열매는 작은 블루베리 같기도 하다. 맛이 아주 달콤해서 예전에는 제주도 말테우리, 쇠태우리들의 배고픔을 달래 주었다고도 한다.

영실의 기암괴석 1　　영실의 기암괴석 2

영실에서 바라본 한라산 정상　　백록담

서복 일행은 백록담을 바라보면서 그 경건함에 절로 고개가 숙여졌다. 순간, 모든 것에 감사함이 느껴졌다. 자신을 이 세상에 태어날 수 있게 해 준 부모님께 감사하고, 자신을 이처럼 여행할 수 있도록 해 준 진시황께 감사하고, 거친 파도를 뚫고 이 섬에 무사히 도착하게 해 준 용왕님께도 감사하고, 자신을 따라 먼 고향에서부터 이곳에 와 준 일행에게도 감사했다. 이 섬에 도착한 후 좋은 사람들을 만날 수 있었음에 감사하고, 세 개의 구멍을 발견해서 감사했다. 마을에서 '을라'를 만났더라면 이 순간이 없었을 것이라는 생각에 '그'를 만나지 못한 것에도 감사를 드렸다. 자신과 자신의 주위를 둘러싼 모든 것에 대한 감사함, 감사함이 절정에 다다른 순간 삶과 죽음의 경계가 무너졌다. 이젠 '을라'를 만나고 싶다는 생각도 사라졌다. 그런 생각이 사라지자 '그'가 가슴에 들어왔다. 그러자 가슴이 벅차올랐다. '그'의 영혼이 자신을 부르는 것만 같았다. 바람이 영혼을 데리고 갔다. 서복은 바람의 방향으로 발길을 돌렸다.

5-7. 정방폭포

얼마나 걸었을까? 커다란 계곡 앞에 도착했다. 바람은 계곡 밑으로 세차게 흘러 내려갔다. 서복 일행도 계곡을 따라 내려와서는 순식간에 바람을 따라 잡았다. 바람은 그제야 고요해졌다. 바람도 지쳤는지 쉬고 싶다는 뜻이리라. 그들은 이곳을 야영지로 정했다. 그날 밤, '을라'의 영혼이 서복에게 말을 걸었다.

"진시황의 사자라 했소?"
"그렇습니다."
"이 섬에는 어째서 왔소?"
"저의 고향에서 느껴지는 기운이 이곳에 있어서 왔습니다."
"그대 고향에서 느껴지는 기운이라... 어떤 기운인지 자세히 말해 보시오."
"그 기운은 태곳적 어머니 뱃속에 있는 듯한 느낌입니다. 제 고향에는 세 개의 구멍에서 물이 샘솟아 오릅니다. 우리는 이곳을 세상의 중심이라 부릅니다. 세 개의 구멍 남쪽에는 아기를 출산하는 어머니 산을 의미하는 '태산'이 있는데, 전체적으로 보면 어머니가 북쪽을 향해 다리를 벌리고 세 개의 구멍에서 아기를 출산하는 형태입니다. 그래서 세 개의 구멍은 모든 제주인들을 연결해 주는 그런 신성한 곳이죠.

그 기운을 찾아 이곳에 왔는데, '을라'께서 태어나셨다는 '삼성혈'에서 이미 그 기운을 느꼈습니다."

"그렇군."

"이제 저는 이곳이 어머니의 인자한 산인지 확인하고 싶습니다. 그것만 확인한다면 이곳 역시 저의 고향인 제주의 형상과 같게 됩니다. 그렇다면 세상의 중심이 바로 이곳이죠."

"세상의 중심이라…"

"이 산은 어머니 산입니까?"

"그렇다네."

"어째서 그렇게 말씀하십니까?"

"어머니의 인자한 모습이기 때문이라네."

"저는 지금껏 이 산을 바라봐도 그 모습을 찾을 수가 없었습니다. 그 모습을 보기 위해서는 어떻게 해야 합니까?"

"우선 이 계곡을 따라 내려가게. 그곳에서 남쪽 끝에 떠 있는 '노인성'을 가장 잘 볼 수 있는 곳으로 이동하게. 그곳에서 이 산을 본다면 내 말을 이해할 수 있을 것이라네."

"네, 그렇게 하겠습니다. '을라'께서는 어디로…"

서복이 물어보려는 찰라 바람이 불어왔다. 영혼은 다시 바람과 함께 사라져버렸다. 다음날 아침, 그는 서둘러 계곡을 따라 밑으로 내려왔다. 그러자 시야가 확 트이면서 시원한 계곡 소리와 파도 소리가 하나가 되어 우렁차게 들렸다. 사람들 소리도 웅성웅성 들리는 듯했다. 서복 일행은 그곳으로 향했다. 그러자 절경이 눈앞에 펼쳐졌다.

바다에서 본 정방폭포　　　　　　측면에서 본 정방폭포

서복은 이곳에서 이 섬에 도착한 후 동쪽으로 보낸 일행들을 만나게 되었다. 그들은 그간의 이야기를 서복에게 알려주었다. 그리고 자신들이 본 것 가운데 독특한 산이 있었는데, 그 산을 어떻게 불러야 하는지 서복에게 물어보았다. 서복은 한참 생각한 끝에 다음과 같이 말했다.

> *"우리가 진나라를 출발할 때 성산(成山)142)에서 출발했다. 동쪽 끝자락에 붙어 있는 곳이지. 자네들이 말 한 그 독특한 산 역시 이 섬의 동쪽 끝에 있기 붙어 있기 때문에 '성산'이라 해라. 진나라에서는 그곳을 성산(成山)이라 쓰지만, 이곳은 진나라의 성산과는 다르고 또한 성(城)모양과 비슷하다 했기 때문에 '성산(城山)'이라 해라."*

142) 중국 산동성 웨이하이시에 있는 이곳은 중국의 가장 동쪽 끝에 자리하고 있는 해안절벽이다. 이곳에는 다양한 석상들이 즐비해 있다.

옆에서 이 얘기를 들으면서 글을 쓰던 시종은 다시 서복에게 물었다.

"그러면 이곳은 뭐라고 해야 합니까?"
"조천에서 동쪽으로 출발했던 일행이 '곧고 정확한 방향'을 잡아 이동했기 때문에 이곳에 도착할 수 있었고, 우리들 역시 저 높은 산에서 헤매다가 산짐승에게 곤경을 당할 수도 있었으나 '곧고 정확한 방향'을 잡았기 때문에 이곳에 도착할 수 있었다. 이곳은 누구나 올 수 있는 그런 곳이 아니다."
"그러면 이곳의 이름을 '정확한 방향'을 뜻하는 정방(正方)으로 할까요?"
"그것도 좋겠구나. 저 폭포는 바다를 향해 똑바로 떨어지고 있으니, 이 또한 정방(正方)이로구나."[143]
"이제 어느 방향으로 가야 합니까?"
"바른 방향을 정하기가 쉽지 않구나."

서복은 떠날 때가 되었음을 직감했다. 하지만 그에게는 확인해야 할 한 가지 일이 아직 남아 있었다.

그들은 세찬 물줄기가 바다로 떨어지는 이곳을 야영지로 정했다. 그날 밤, '을라'께서 말씀해 주신 '노인성'을 찾기 위해 남쪽 하늘을 살펴봤다. 희미하지만 '노인성'이 보이는 것 같았지만 금새

---

143) 정방폭포는 동홍천 상류 '정방연(正方淵이 수원지, 『남환박물지』 참조)'이다. 이형상 목사(1653-1733)가 '바다를 향해 똑바로 물이 떨어진다'며 정방(正方)으로 『탐라순력도』(1702)에 표기돼 있다. 물론 『탐라지』(1653), 이익태 목사의 『지영록』(1694), 『탐라지도병서』(1709), 『탐라록』(1764), 1919년 일제강점기 시대에 제작된 1/25,000 지도에도 '정방(正方)'으로 표기돼 있다. 하지만 1899년에 출간된 『제주군읍지』에 정방(正房, 집채 방)으로 변했다. 분명한 오기(誤記)다. 어째서 이렇게 변했는지는 정확하게 알 수 없다.

사라져버렸다. 그는 '노인성'을 잘 보기 위해 시종을 데리고 해안선을 따라 걸었다. 서쪽으로 가면 갈수록 잘 보이는 것 같았다. 하지만 지세가 험해서 다시 야영지로 돌아온 후, 깊은 생각에 잠겼다. '이곳에서 영원히 살까, 아니면 떠날까?' 그는 혼란스러웠다.

그는 온 정신을 집중했다. 그러자 이곳의 모습을 한 폭의 그림으로 남기고 싶었다. 자연계의 모든 생명의 탄생을 기대하는 모습, 들에는 수많은 동물들이 뛰어놀고 있고, 인간들도 자연스럽게 어울리며 살아가는 모습, 그리고 또 다른 생명을 탄생시키기 위해 건강하게 자란 여성과 남성의 모습…. 그는 시종에게 거북이를 손질하도록 했다. 그리고 그 위에 정성스럽게 이 모습을 새기기 시작했다. 하늘의 모든 별들이 그를 비추는 듯했다. 날이 밝도록 그는 정성을 다했다. 그리고 그것을 자세히 살펴봤다. 과연 그가 남기고 싶었던 그림이었다.

정방폭포에 새겨졌다고 전해 내려오는 암각화

그는 일행 가운데 일부를 선별해서 정방폭포 절벽에 그것을 새기도록 했다. 그들은 절벽을 기어오르다가 미끄러지고 다시 오르다 미끄러지고를 반복했다. 결코 쉽지 않은 일이었다. 이에 서복은 새끼를 꼬아 줄을 만들어 폭포 위로 올라가서 줄에 매달려 하는 방법을 알려 주었다. 이 방법은 진시황이 높은 절벽에 글을 새기는 방법이었다. 그들은 그 방법대로 진행했다. 그러자 일이 한결 쉬워졌다. 몇몇 사람들은 계속해서 음식을 장만했고, 몇몇 사람들은 계속해서 새끼를 꼬았으며, 몇몇 사람들은 절벽 위에서 새끼줄에 매달려 작업하는 사람의 안전을 위해 있는 힘껏 새끼줄을 지탱해주었다. 새끼줄에 매달린 사람은 끌과 정을 사용해서 우선 절벽을 평평하게 다듬기 시작했다. 그들의 행동을 지켜 본 서복은 며칠이면 이 작업이 끝날 것 같았다. 그래서 음식을 장만하는 사람들에게 작업이 끝나면 여기서 기다리도록 했다.

서복은 정확한 방향을 알려주는 이곳을 출항지로 택했다. 그래서 시종 3명에게 지금 '조천'으로 가서 자신들이 타고 왔던 배가 잘 수리되었는지 확인하고, 만일 수리가 끝났으면 배를 타고 이곳으로 오도록 했다. 그는 다시 밤을 기다렸다. 오직 '노인성'을 찾기 위해서.

그날 밤 역시 '노인성'은 희미하게 보이다가 사라지기를 반복했다. 서복은 나머지 일행들에게 횃불을 준비하게 하고는 불을 밝히며 서쪽으로 걸어갔다. 서쪽으로 몇 걸음 가면 노인성이 조금 환하게 보이는 듯했고, 또 몇 걸음 가면 더욱 밝게 빛나는 것 같았다. '그래, 서쪽이다. 서쪽으로 가자.' 그는 일행들에게 횃불을 끄도록 했다. 그리고 육감으로 길을 찾았다. 그러자 하늘이 그에게 길을 안내해 주었다. 조그마한 산을 올랐다.[144] 어느 봉우리에 도착한 것 같았다. 그곳에서 노인성을 바라보았다. 그러자 노인성이 강한 빛을 내면서 그를 비춰주었다. 바로 이곳이었다. '그래 이곳이다!' 심장이 뛰기 시작했다. 그를 지탱해주는 모든 기운이 되살아나는 듯했다. 그는 날이 밝아오기를 기다렸다. '을라'께서 "이 산은 어머니의 인자한 모습이라네."라고 했던 말씀이 귓가에 맴돌았다.

다음날, 산을 바라봤다. 과연 "인자한 어머니께서 머리를 풀어헤치고 하늘을 향해 편히 누워있는 모습"이었다.

외돌개

삼매봉에서 바라본 한라산.
머리를 풀어헤치고 하늘을 향해 편히 누워 있는 어머니의 인자한 모습

'이곳이 영주(瀛州. 瀛洲)구나. 이곳이 영주산이야!' 서복은 계속해서 혼잣말로 중얼거렸다. 영(嬴)자는 용을 잉태한 여성을 그린

144) 정방폭포 서쪽, 외돌개 북쪽에 솟은 삼매봉은 해발 153m의 낮은 산이다. 『신증동국여지승람』과 『제주읍지』에는 '삼매양악(三每陽岳)'이라 기록되어 있고, 『탐라지』에는 삼매양악(三梅陽岳)이라 쓰여 있는데, 오름 가운데가 넓어 논 수십 경이 있다고 나왔다. 또한 『탐라순력도·서귀조점』에는 '삼매양망(三梅陽望)'으로 기록되어 있다. 3개의 봉우리가 매화를 닮았다고 해서 삼매봉이라 했으며, 용암과 화산재를 뿜어내던 분화구는 산 북쪽에 넓게 자리한 하논으로 지금은 경작지로 쓰인다. 밤에 이곳에 올라 손을 뻗으면 인간의 수명을 관리한다는 남극 노인성에 닿는다는 전설이 있다. 그렇기 때문에 '불로장생'의 명소로 알려져 있다.

글자였다.145) 용을 잉태한 여성이 거주하는 곳, 이곳이 바로 영주였던 것이다. 서복은 한참동안 그 자리에서 영주산을 바라보았다. 자신의 어머니 모습과 영주산의 어머니 모습이 하나가 되었다. 그리운 어머니! 그는 눈물이 흘러 내렸다. 이 섬으로 올 때에는 내 고향과 같은 곳을 찾기 위함이었지만, 지금은 어머니께서 계신 곳으로 다시 돌아가고 싶었다.

서복은 일행들을 불러 모았다. 시종 20여 명을 남기고는 모두 정방폭포로 돌아가서 절벽에 새기는 것을 도와주고 그것이 완성되면 식량을 준비하는 등 이 섬을 떠날 채비를 하도록 했다. '‘조천’에서 일행들이 여기에 도착하려면 앞으로 3일 정도 여유가 있는데, 다시 해안선을 따라 걸어가 보자.' 그는 이렇게 생각하고는 시종들을 데리고 다시 서쪽 해안선을 따라 여행을 떠났다. 그날 밤, 글을 쓰는 시종을 불렀다. 그리하여 그에게 이 섬에 도착한 후 보고 들은 것들을 기록하도록 했다. 그는 글을 쓰다가 멈추고는 서복에게 몇 마디 질문을 했다.

"이 섬을 뭐라 불러야 합니까?"
"제주라고 해라."
"우리 제주를 말씀하시는 겁니까?"
"그래. 그렇다. 이곳도 제주다."
"그렇다면 제주(齊州)처럼 써야 합니까?"
"아니다. 제주(濟洲)처럼 써야 한다."
"어째서 그렇습니까?"

---

145) 졸고, 「고문자에 반영된 龍의 原型 고찰」(A Study on a Dragon Prototype reflected in ancient Chinese Character), 중국어문학지 2014, vol., no.46, 151~179쪽.

"이곳은 섬이기 때문에 '제주'는 '제주'지만, 우리 제주(齊州)와는 다르다. 그래서 물 수(氵)를 더해 줌으로써 '섬'임을 밝히는 것이다."

"잘 알겠습니다. 그렇다면 저 산은 뭐라고 해야 합니까?"

"영주라고 해라."

"어째서 영주라고 해야 합니까?"

"어머니가 용을 품고 있는 형상이므로, 영주라고 해라."

"영주가 그런 뜻입니까? 저는 잘 모르겠습니다. 좀 더 자세히 설명해 주십시오."

"영(嬴)자는 용(龍)자와 여(女)자가 결합한 글자니라. 어머니가 용을 잉태했다는 뜻을 나타낸 글자지."[146]

"그렇다면 영주(嬴州)처럼 써야 합니까?"

"아니다. 제주(濟洲)와 마찬가지로 영주(瀛洲)처럼 써야 한다. 이 역시 물 수(氵)자를 더해 줌으로써 '섬'임을 밝히는 것이다."

"잘 알겠습니다. 이 섬은 제주(濟洲), 저 산은 영주산(瀛洲山), 동쪽 끝에 있는 봉우리는 성산(城山), 세찬 물줄기가 바다로 향해 떨어지는 곳은 정방(正方)이라 해서 여기에서 보고 들은 것들을 정확하게 기록하겠습니다."

5-8. 박수기정과 월라봉

다음날 그는 천천히 발걸음을 옮기면서 영주산을 바라보았다. 보면 볼수록 고향의 어머니 품속이 그리웠다. 일행이 모일 때까지 시간이 별로 남지 않았기 때문에 그는 서둘러 '제주'를 전부 보고

146) 졸저, 『에로스와 한자』, 문현, 2015. 제7장, 임신과 한자(용의 비밀을 찾아서), 257~300쪽. 진시황의 성(姓) 역시 영(嬴)이다.

싶었다. 하지만 가는 곳마다 절경 중의 절경이어서 발걸음을 재촉할 수 없었다.147)

즐비한 야자수 멀리 보이는 범섬

천천히 해안길을 따라 걷다보니 어디 선가 시원한 물소리가 들렸다. 그곳을 찾아 얼마나 걸었을까? 갑자기 암벽이 그들을 가로막았다.148) 계곡 소리와 파도 소리가 절묘하게 어우러져 마치 신선

147) 제주 올레 7코스와 8코스의 절경은 제주에서 최고의 절경으로 손꼽힌다.

148) 이곳은 앞막은골이다. 바닷가 주변의 기암괴석으로 가려진(막힌) 골짜기라는 뜻이다. 기암괴석으로 막힌 동굴이라는 의미를 지닌 마궁굴 암자, 마궁굴 안쪽에 위치한 안마궁굴폭포와 ᄀᆞ래소(沼), 그리고 계곡 남서 급경사 수림지역에 숨겨진 계단식 담장은 앞막은 골의 백미이다. 곡식을 빻을 때 돌아가는 ᄀᆞ래(맷돌)처럼 폭폭수가 휘돌아간다는 의미를 지닌 ᄀᆞ래소에는 뱀장어 등 민물고기들의 낙원이었다고도 전한다. 청정지역인 이곳은 또한 반딧불이의 서식처이기도 하다. 오랫동안 수풀에 가려있던 계단식 농경지와 ᄆᆞᆯ질로 이어지는 담장길이 서서히 우리 앞에 드러나고 있는 현장이 바로 이곳이다. 야생화가 질펀하게 피어난 소롯길을 걸으면 무릉도원이 바로 이곳인가 하고 느낄 정도로 솔목천 계곡은 절경을 자랑한다. 불란지의 먹이인 우렁과 다슬기가 서식하고 있는 이곳은 반딧불이 산란지이기도 하다. 반딧불이의 제주어는 불란지이다. 딱정벌레목 반딧불이과에 속하는 곤충으로 반디 또는 개똥벌레라고도 부른다. 불란지는 꽁무니에 있는 발광기에서 불빛을 내기 때문에 붙여

의 춤가락을 들려주는 듯한 곳. 무릉도원이 따로 없었다. 이곳에 이르자 일행 가운데 남녀 한 쌍이 서복에게 무릎을 꿇고 이곳에서 살고 싶다고 청했다.[149] 서복은 "며칠 이곳에 머물다가 고향으로

진 이름이다. 형설(螢雪)의 功이란 말이 있듯, 옛날에는 불란지 수십 마리를 잡아 유리병에 넣고 책을 읽기도 했다. 반딧불이는 깨끗한 하천과 습지에서만 서식하는 곤충의 대명사이다. 한라산의 산북지방은 건천이라 생태계가 많이 파괴되었으나, 산남지방은 계곡에 맑은 물이 흐르는 곳이 있어, 반딧불이를 만나는 행운을 얻기도 한다. 계곡 안으로 다가갈 수록 기암괴석과 왕대들이 하늘을 막는 진풍경도 만난다. 대나무 숲으로 불어오는 바람소리를 들으며 숨어있는 돌계단을 오르면, 커다란 바위에 생긴 작은 궤가 반긴다. 이곳이 절벽에 막혀 더 갈 수 없다는 마궁굴이다. 자그마한 궤인 마궁굴은 물소리 새소리가 들리는 아늑하고 조용한 별천지이다. 저 아래 계곡으로 폭포수가 계곡물소리와 벗하며 자연의 소리를 합창하고 있다. 폭포수가 흐르고 있는 곳에는 철계단도 놓여 있다. 이곳이 안막은굴이다. 막은굴 안쪽에 위치한다고 해서 붙여진 제주어이다. 폭포 주변으로 웅장한 절리가 막아서 있다. 더 이상 갈 수가 없어 마궁굴, 안마궁굴이라 불리는 이유이다. 막은굴 안쪽에 있는 폭포를 안막은 굴 폭포라 부른다. 폭포 너머로 가려면 철계단을 올라야 한다. 높은 절리층 바위에는 후추등이 덮여 있다. 절벽을 향해 오른 후추덩굴에 주렁주렁 달린 열매는 천상을 오르는 신비한 식물이다. 그래서인지 이곳의 풍경들은 다른 세계를 잇는 비밀의 통로처럼 보인다.
앞막은골의 풍경 중 유별나게 눈에 띄는 것은 두 개의 기암괴석이다. 왕대왓 괴석은 속세를 떠난 초연한 남자 모양이고, 폭포에 눈물을 떨어뜨리듯 서 있는 괴석은 가녀린 여자 형상이다. 오래전 이 고을에 대식이란 총각과 평순이란 처녀가 살고 있었다. 사랑하는 사이였으나, 대식이가 불가에 귀의하자 평순이는 사랑하는 대식이를 멀리서 바라보다 돌이 되었단다. 대식이가 돌이 되어 서 있는 곳에는 선기암(仙起岩)이란 바위가 있고 바위에는 다음의 한시가 적혀 있다. "吾道偈頌(오도게송: 나를 돌아보고 부처의 공덕을 찬미하는 노래): 木落未着惹微塵(목락미착야미진: 낙엽이 떨어지기 전에 티끌이 일어나면) / 殺殺須臾盡變文(쇄쇄회유진변문: 그 티끌이 다 낙엽이 되도다.) / 一颯蕭蕭塵墨劫(일립소소진묵겁: 낙엽이 떨어진 후에는) / 溟溟波蒼鳴積雲(명명파창명적운: 하늘에서 먹구름이 울도다." (제주의 역사·문화를 발굴하고 그 길을 안내해주는 (사)질토래비 문영택 이사장님 글에서 발췌)

149) 앞막은골 기암괴석은 서귀포 정방폭포의 진시황 전설과도 관련이 있다. 서복 일행 중 영주산과 주변의 풍광에 매료된 선남선녀 둘이서 몰래 사랑을 나누려 앞막은골을 찾아들었다. 당포가 지척에 있으니 언젠가 고향에 돌아갈 수도 있는 최적의 곳이었다. 박수기정에 부딪히는 파도소리와 계곡에서 흐르는 맑은 물소리를 들으며 세월을 즐기던 그들에게, 황제의 명을 거역하였다는 죄로 저승사자가 온다는 소식이 전해지고, 둘이는 사랑의 맹세를 죽음으로

돌아가고 싶으면 정방폭포로 오라"고 명했다.

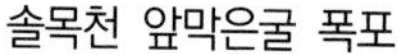

솔목천 앞막은굴 폭포

솔목천 선비석

그는 나머지 일행을 데리고 다시 포구 쪽으로 돌아와 해안길에 들어섰다. 그러자 파란 바다가 그의 품속으로 다가왔다. '이제 제주를 떠날 때가 되었구나!' 그는 눈을 돌렸다. "아! 하늘 밑에 어떻게 이렇게 아름다운 절경이 있을 수 있단 말인가?" 그는 찬탄하면

보이기로 한다. 둘의 순백한 사랑에 감동한 한라산신이 둘의 사랑의 징표를 영원히 전하기 위해 마주보는 한 쌍의 기암괴석을 세웠다 전한다.(제주의 역사·문화를 발굴하고, 그 길을 안내해주는 (사)질토래비 문영택 이사장님 글에서 발췌)

필자가 이전에 만나 본 분 가운데 '서'씨 성인 분이 계셨는데, 그 분에게 여쭤보니 그 분의 고향이 이곳 '대평리'라고 했다. 그 분 말씀에 따르면, 자신의 아버님께서 '서복'과 관련된 성씨라고 말했다고 했다.

대평리의 원래 마을이름은 난드르라고 한다. '난드르'란 '평평하고 긴 들판'을 뜻하는 제주어로 이를 한자로 옮기면 대평(大坪)이 된다. 근래 들어 '용왕난드르'라 부른다. 용왕난드르는 용왕의 아들이 살았다는 전설에서 유래했는데, 전설의 내용은 다음과 같다.

용왕의 아들이 마을에 학식이 높은 스승에게 학문을 배우게 되는데, 서당 근처에 창고내라는 냇물이 밤낮없이 흘러 물소리가 시끄러워 늘 공부에 방해가 되었다고 한다. 그런 환경에서 3년간의 글공부를 마친 용왕의 아들이 스승의 은혜에 보답하기 위해 소원 하나를 말하라고 했더니 냇물의 물소리가 너무 시끄러워 그 소리를 없애 달라고 했다고 한다. 이를 흔쾌히 수락한 용왕의 아들은 이곳에 박수기정을 만들어 방음벽을 설치했고, 동쪽으로는 군산을 만들어 주고 떠났는데 그 이후 이 물소리가 들리지 않았다고 한다.

서 기암절벽[150] 쪽으로 걸어갔다. 이 아름다운 절경을 영원히 간직하고 싶은 마음에 이곳에서 야영하기로 결정했다.[151]

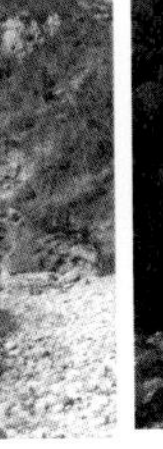
박수기정 측면

박수기정 정면

다음날 아침, 이곳의 전체 전경을 보고 싶은 마음에 일행들을 데리고 다시 그곳 일대를 둘러보았다. 얼마 지나지 않아 그곳에서 사람들을 만났다.[152] 그들은 제주에서 처음 만난 사람들과 매우 비슷했다. 그들 역시 이방인들에게 친절했다. 서복이 이 주위 전경

150) 이 절벽은 대평리 서쪽에 위치하고 있는데, 절벽 밑에 '박수'라는 생수가 솟아나 이곳을 '박수'라 하였고 또한 '기정'은 벼랑이나 절벽을 일컫는 제주말이기 때문에 이곳을 '박수기정'이라고 부른다. 그 위쪽에는 '개남ᄆᆞ르동산', '햇ᄆᆞ르'가 있고, 'ᄌᆞ슨다리'도 있다. 'ᄌᆞ슨다리'란 '쪼아서 만들었다'는 데서 유래한 지명이다. 예전 이 마을의 교통은 매우 불편하였다. 이웃 마을 화순리를 가려면 지금의 도로를 이용하기에는 너무 멀었다. 사람들이 샛길을 찾던 중 높지 않은 절벽 부분을 이용하여 다니다 보니 소로가 생겼지만 언제나 위태위태하였다. 어느 날 기름장수 할머니가 이곳을 지나다 추락해 죽고 말았다. 이를 계기로 이 길을 좀 더 안전하게 만들어야겠다는 생각에 송씨라는 노인이 한 가호에서 보리 다섯 되씩을 받고 징으로 쪼아서 턱을 만들었다. 하지만 지금은 칡덩굴로 덮여 있어서 찾아 볼 수 없다.

151) 이곳에 있는 포구를 당캐, 당포, 송항이라고 한다. 옛날에 중국과 교역의 중심 항구 역할을 하였으며, 이곳을 통해 중국의 당과 원에 말과 소를 상납하는 세공선과 교역선이 왕래한 데서 연유한 포구 이름이다. 이 포구를 통해 중국 유물들이 유입된 것으로 추측되며 어부들의 생활 터전인 어선정박 장소로 이용되어 온 유서 깊은 포구다. 일제강점기에는 송항 또는 송포라고도 했는데, 이는 인근에 큰 소나무가 있는데서 연유한 이름이다.

152) 이곳에는 대평리 유물산포지, 대평리 고인돌(1)과 (2)가 있다.

을 전체적으로 조망할 수 있는 길을 묻자, 그들은 옆에 있는 볼록 솟아난 산을 가리켰다.153) 서복 일행은 그들이 가리킨 곳으로 걸어 올라갔다. 산 정상에 오르니 저 멀리 커다란 산이 우뚝 솟아있었다. 서복은 '영주산 꼭대기에서 사라진 봉우리가 바로 저 산이 아닐까?'라는 생각이 들었다.154) 그쪽 방면을 자세히 보니 많은 선단이 오는 것이 보였다. 바로 서복 일행이 제주에 타고 왔던 배들이었다.

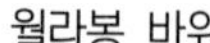
월라봉 바위

월라봉에서 바라보는 산방산

153) 이곳은 월라봉(도래오름)으로, 북동향 및 남서향의 3개의 말굽형 화구를 갖고 있는 복합형 화산체이다. 오름 남동쪽에 두 갈래의 깊숙한 골짜기가 대평리 항구 쪽으로 패어 있으며, 그 하나가 밑에서 해안단애로 이어지는 곳에 '박수기정'이 있다. 그 안쪽에는 해식동굴인 천연동굴이 있다. 일명 '도래'오름이라고 하는데, '도래'는 '다래'의 제주어로 이 오름에 예전에 다래나무가 많았다 하여 붙여진 이름이다. 한자이름인 '도래'의 이두문식 표기라고도 한다. 또한 고구려의 달(達)에서 나온 것이라는 언어학적 분석이 있는데 '높다' 또는 '산'이라는 뜻을 의미한다고 한다.

154) 월라봉에서 보면 산방산이 바로 눈앞에 있는 듯하다. 산방산 옆으로 마라도와 가파도도 보인다. 산방산은 높이 395m이다. 유동성이 적은 조면암질 안산암으로 이루어진 전형적인 종상화산이다. 신생대 제3기에 화산회층 및 화산사층을 뚫고 바다에서 분출하면서 서서히 융기하여 지금의 모양을 이루었다. 산의 남쪽에는 화산회층이 풍화된 독특한 경관의 용머리해안이 있다. 이 산 중턱에 절이 있는데, 이것을 '산방굴사'라 하며, 제주십경 가운데 하나이다. 또한 산방산은 한라산 백록담에 있던 봉우리가 뽑혀 던져졌다는 전설 어린 산이다.

5-9. 떠나자, 나를 찾지 말아다오

서복은 마음을 정했다. '이곳은 세상의 중심인 제주다. 비록 이곳이 좋다 하지만 나는 어머니 품으로 돌아가야겠다. 비록 그곳에서 진나라의 보복을 받을 지라도 마지막을 어머니와 함께하고 싶다.' 서복은 서둘렀다. 돌아가는 길에 다시 영주산을 바라봤다. 어머니의 너그러운 미소가 그를 안심시켰다.

정방폭포로 돌아와 절벽을 보니 자신이 그린 그림과 같은 그림이 절벽에 선명하게 새겨져 있었다. '저 그림도 언젠가는 세월 속으로 사라지겠지.' 그는 모든 일행들에게 명하여 제사를 지낼 준비를 하도록 했다.

그날 밤, 서복은 눈을 감고 자신이 제주에 도착한 후 지금까지 어떤 곳을 방문했는지 마음속으로 그려보았다. 그러자 제주의 모습이 보이는 듯 했다. 눈을 뜬 후 남쪽 하늘을 보니 노인성이 유독 밝게 빛났다. '이곳에서는 잘 보이지 않던 노인성인데, 어째서 오늘은 분명하게 보이는 것일까?' 이는 분명 길조다. 어쩌면 어머니 품속으로 안전하게 도착할 수 있도록 저 별이 도와줄 것만 같았다. 그는 정성을 다해 제사를 준비했다.

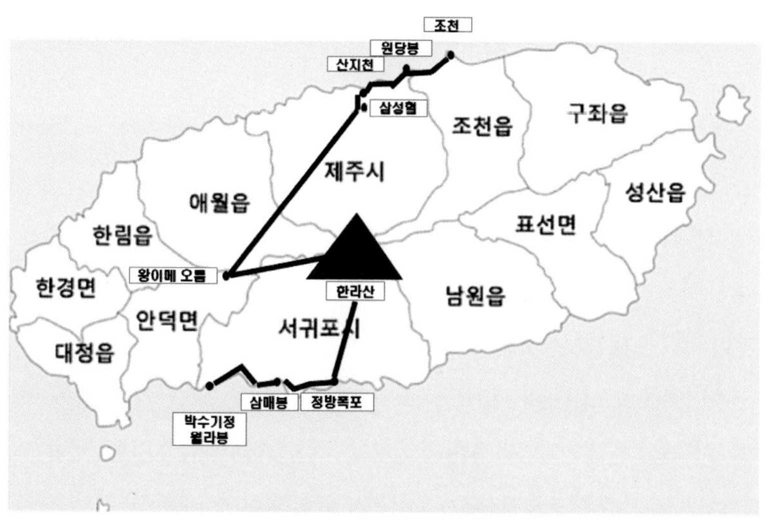

서복이 제주에 남긴 발자취

다음날 새벽, 저 멀리 동이 트기 시작했다. 둥둥둥, 북소리가 천지를 뒤흔들었다. 폭포소리와 파도소리와 북소리, 그 사이로 연기가 하늘을 향했다. 둥둥둥, 다시 북소리가 울려 퍼졌다. 연기와 소리가 하늘에 닿을 즈음, 인간의 소리가 한데 어우러졌다. "천지신명이시여, 오늘 저희 일행은 제주를 떠나겠습니다. 저희가 안전하게 떠날 수 있도록 도와주소서." 그는 시초점을 봤다. 그러자 '길(吉)'이었다. 다시 "천지신명이시여, 저희 일행은 제주를 떠납니다. 안전한 곳에 도착할 수 있도록 도와주소서." 그는 거북점을 봤다. 마찬가지로 '길(吉)'이었다. "천지신명이시여, 감사하고 감사합니다." 둥둥둥, 다시 온 천지에 북소리가 울려 퍼졌다.

제사를 끝마치고, 제사 음식을 나눠 먹고는 일행들에게 배에 오르라고 명했다. 일행을 점검해보니, 처음 '세 개의 구멍'을 향해 7일 간 제사를 지내게 했던 동남동녀가 보이는 듯했다가 사라졌고 또 이틀 전 무릉도원에 남겨졌던 선남선녀가 보이는 듯했다가 다시 사라졌다. '그들이 여기 일행에 있을까? 없어도 상관없다. 여기 남아서 살아도 되고 아니면 같이 떠나도 된다. 삶과 죽음이 결국은 같은 곳에 있으니. 여기는 제주다. 우리는 제주에서 왔다가 제주로 돌아가니 이곳이 그곳이고 그곳이 이곳이다.'

둥둥둥, 북소리가 울리자 서복의 배는 서쪽을 향했다. 왜냐하면 이 섬에 도착한 후 '서쪽'은 늘 그에게 행운을 가져다줬기 때문이었다. 갑자기 자신의 이름인 '서복'은 '서쪽은 복되다.'라는 의미였다는 것을 처음으로 깨달았다. 그들은 서쪽을 향해 어머니 품속으로 사라졌다. '을라'께서는 영주산 백록담에서 그들의 배가 한 점이 되어 사라질 때까지 그들에게 행운을 빌어주었다.

석양 속에 한 점 속으로 사라져 가는 서복 일행

찾아보기

김하종(金河鍾)
중국산동대학교 문자학 박사
전 중국산동사범대학교 초빙교수
전 초당대학교 한중정보문화학과 교수
현 제주한라대학교 관광중국어과 겸임교수

주요저서
『문화문자학』(2011) 공역, 『문자학의 원류와 발전』(2013) 공역, 『에로스와 한자』(2015), 『그림 문자로 이해하는 541개 한자부수』(2015), 『이것이 글자다』(2021)

주요논문
「殷商金文詞彙研究」, 「암각화부호와 고문자 부호와의 상관성 연구 Ⅰ」, 「암각화부호와 고문자 부호와의 상관성 연구 Ⅱ」, 「고문자에 반영된 용(龍)의 원형(原型) 고찰」, 「한자 '𠂤(되)'자 본의(本義) 연구」 외 다수」

진시황의 사자 서복, 역사인가 전설인가!

2021년 12월 25일 초판인쇄
2021년 12월 30일 초판발행

지은이 김 하 종
펴낸이 한 신 규
편　집 이 은 영
표　지 이 미 옥
펴낸곳 문현출판

주소 05827 서울특별시 송파구 동남로11길 19(가락동)
전화 02-443-0211 **팩스** 02-443-0212 **E-mail** mun2009@naver.com
홈페이지 http://www.mun2009.com
출판등록 2009년 2월 24일(제2009-14호)
출력·인쇄 ㈜대우인쇄 **제본** 보경문화사 **용지** 종이나무

ISBN 979-11-87505-47-1 93820 정가 19,000원